Dominante Vriendin

(CFNM-Overheersing)

Erika Sanders

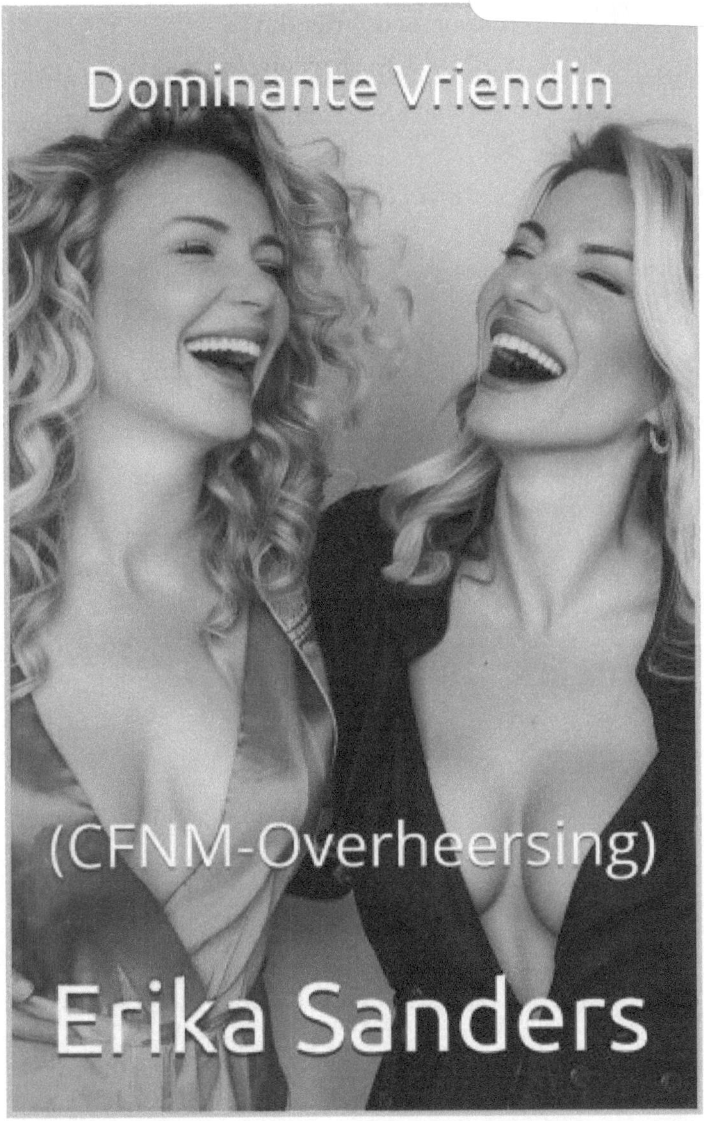

Dominante Vriendin
(CFNM-Overheersing)

Erika Sanders

Serie
Overheersing en erotische onderwerping

Korte inhoud

Dominante Vriendin Het is een roman van overheersing CFNM (Clothed Female Nude Male - De vrouw gekleed als de naakte man) een soort vrouwelijke overheersing.

Nancy en Bob zijn al 20 jaar vrienden.

Dit is een moeilijke tijd voor Nancy.

Ze heeft een foto gekregen van een vriendin waarop haar vriend wordt gezien in gezelschap van een andere vrouw.

Bobo is er altijd om haar te steunen en te troosten.

Is het Bob opgevallen dat Nancy op een andere, meer intieme manier naar hem begint te kijken?

Zal Bob worden gedomineerd door de wensen van zijn vriend?

Dominante Vriendin: Een roman over CFNM-Overheersing het is een roman met een sterk erotisch gehalte CFNM en op zijn beurt een nieuwe roman die tot de Erotic Domination-collectie behoort, een serie romans met een hoog romantisch en erotisch BDSM-gehalte.

(Alle personages zijn 18 jaar of ouder)

Opmerking over de auteur:

Erika Sanders is een internationaal bekende schrijfster, vertaald in meer dan twintig talen, die haar meest erotische geschriften, ver van haar gebruikelijke proza, ondertekent met haar meisjesnaam.

Inhoudsopgave

DOMINANTE VRIENDIN
CFNM-OVERHEERSING
ERIKA SANDERS

HOOFDSTUK 1

Nancy zat met bonzend hart op de bank.

Maar ze huilde nog niet.

Bob zat naast hem en vroeg zich af of dat zou veranderen.

Nog steeds starend naar de verdomde foto op haar telefoon, vroeg Nancy aan Bob:

"Denk je dat haar borsten nep zijn?"

'Niet zo nep als haar nagels,' zei Bob, in een poging het zo licht mogelijk te houden.

'Ze zouden echt kunnen zijn,' zei Nancy, terwijl ze dichterbij kwam om het beter te kunnen zien.

'Haar borsten of haar nagels?'

'Haar borsten. Haar nagels kunnen ook echt zijn. Heb je ooit Julia's nagels opgemerkt? Die van haar zijn echt.'

'Oké,' zei Bob met een knikje en haalde zijn schouders op.

Hij ging geen ruzie maken met Nancy, niet terwijl ze bezig was met zo'n foto.

'Heeft Chris je die foto gestuurd?'

'Ja, maar waarom zou Andy het naar Chris sturen?' Vroeg Nancy zich af.

"Opscheppen."

'Denk je dat Chris foto's van mij op zijn telefoon heeft staan?'

'Heb je Andy ooit foto's van je laten maken?'

Nancy snoof.

'Hij heeft het een keer geprobeerd en ik heb de telefoon uit zijn hand gehaald.'

'Goed zo,' zei Bob goedkeurend glimlachend.

Bob had haar lang geleden uitgelegd waarom er nooit een goede reden was om een man een compromitterende foto van hem te laten maken.

Jongens kunnen dat soort foto's niet voor zichzelf houden.

'Ze lijkt het type meisje te zijn dat op veel telefoons voorkomt.'

'Ja, ze ziet eruit als een echt feestmeisje,' zei Nancy, nog steeds starend naar haar telefoon. 'Misschien was ze bij hem op een avondje uit? Andy had dronken kunnen zijn of zoiets.'

'Misschien,' gaf Bob toe, nog steeds geen ruzie met haar. 'Je weet wat er gebeurt als ik dronken word.'

Nancy knikte voordat ze een gat in haar theorie sloeg.

'Behalve dat Andy niet flauwvalt zoals jij.'

'Ik val niet altijd flauw,' klaagde Bob.

'Nee, maar het is leuk als je het doet,' zei Nancy met een glimlach.

Ze klopte hem op zijn knie en liet hem weten dat ze hem maar een grapje maakte.

'En dat heb ik al jaren niet meer gedaan.'

"Is hij sexier dan ik?"

'Helemaal niet,' zei Bob.

'Heb je haar bruine kleur opgemerkt? Het is nepbruin voor het geval ik er ooit een zie. Hoe zit het met haar haar? Wie krijgt er ook zulke laagglanzende highlights?'

'Ik ben er vrij zeker van dat Andy dat niet besefte.' Bob had het niet gemerkt.

'Ze is waarschijnlijk een brutale prostituee.'

"Als dat mogelijk is".

'Wil je het ironische gedeelte weten? Voordat Andy op reis ging, besloot ik dat ik hem de hele tijd trouw zou blijven tot hij terugkwam.'

'Is trouw blijven een probleem voor jou?' vroeg hij, denkend aan de jaren sinds hij haar had gekend.

Voor zover ze zich kon herinneren, had Nancy maar één vriendje tegelijk.

Behalve toen Bob haar voor het eerst had ontmoet.

Nancy had geen vriendje toen ze naar haar schooldistrict werd overgebracht.

Ze was een magere leerling van de achtste klas met beugels, groen geverfd haar, gips om haar linkerarm en geen vriend ter wereld.

Ze was op de enige lege stoel in de schoolbus gevallen en daarom zat ze naast een nerdy joch dat door iedereen werd genegeerd.

Nadat ze was gaan zitten, liet ze haar hoofd zakken zodat haar groene haar haar gezicht bedekte.

Bob zou zich met zijn eigen zaken hebben bemoeid, maar Nancy zocht iets in haar boeken.

Zonder na te denken hielp hij haar en verdiende een dankbare glimlach en voelde toen een vreemd gevoel in haar maag.

Die dag begon een vriendschap die al die jaren had geduurd en Nancy's pech.

Tijdens de zomer werden haar beugel verwijderd en haar haar werd weer natuurlijk blond.

Toen ze naar de middelbare school ging, was Nancy veranderd in een mooie zwaan en werd Bob haar beste vriend van de nerd, altijd klaar om haar te helpen terwijl Nancy verliefd werd op mooie mensen.

"Ik geloof niet in langeafstandsrelaties", legde hij uit. 'Herinner je je Darry nog?'

Bob knikte.

Zij en Darry waren het afgelopen jaar het populairste stel geweest.

'Ik heb het uitgemaakt omdat ik me geen zorgen wilde maken over wat hij op de universiteit deed.'

'Of wat je op de universiteit ging doen,' merkte Bob op.

Het afleiden van het "hoerenstadium" in zijn zin leverde hem een boosaardige glimlach en een klein knikje op.

"Trouw blijven is gemakkelijker als je elkaar allebei kunt zien." Hij staarde naar de verdomde foto van Andy.

De vrouw, wie ze ook was, lag op haar rug en glimlachte naar de camera.

Ze hield haar borsten ingedrukt, omsloten door Andy's erectie.

Vochtige druppels spetterden op zijn nek en kin.

We hoefden geen van beiden te raden waar die roomwitte spetters vandaan kwamen.

'Misschien moeten we je dronken maken en dan kan ik wat foto's maken om naar Andy te sturen.'

Bob verbleekte.

'Je moet zulke foto's naar je vrienden sturen, niet naar je vriendje.'

'Vriendje?', Zei ze fronsend terwijl ze weer naar haar telefoon liep.

'Je moet die afbeelding verwijderen', stelde Bob voor.

Zij schudde haar hoofd.

'Stop tenminste met naar haar te kijken.'

'Ik kan er niets aan doen,' zei hij, heel verdrietig klinkend.

De manier waarop haar haar over haar gezicht hing, deed hem denken aan het magere, groenharige meisje dat hij in een schoolbus had ontmoet.

"Om zo te."

Bob stopte zijn haar achter een oor voordat hij zijn hand op de telefoon legde en het beeld verborg.

Ze legde haar andere hand op de zijne.

'Je weet toch dat je mijn beste vriend bent?'

"En jij bent de mijne."

Bob pakte de telefoon van haar aan en vulde haar handen met de zijne.

Ze keken elkaar een tijdlang met droevige ogen aan.

Nancy voelde zich verdrietig over het einde van hun relatie en Bob voelde zich verdrietig over het verlies van zijn vriend.

'Als hij belangrijk voor je is, kun je hem trouw blijven tot hij thuiskomt.'

'Of ik kan dit,' zei ze, terwijl ze naar voren stapte en haar lippen tegen de zijne drukte.

En het was geen vriendelijke kus.

HOOFDSTUK 2

'WAUW', zei Bob, die even achteruit liep voordat hij een grens overschreed die vrienden nooit overschrijden.

'Dat voelde goed', zei Nancy met een halve glimlach.

Ze drukte haar lippen weer op de zijne en leunde tegen hem aan tot hij bekneld zat tussen haar en de rugleuning van de bank.

Ze kusten elkaar totdat hun lippen van elkaar gingen en hun tong begon te strelen.

Ze kusten elkaar lang voordat Nancy wegliep.

Met grote ogen klopte ze haar natte lippen alsof ze zeker wilde zijn dat ze echt van haar waren.

'Wauw, daar mocht je niet goed in zijn.'

"Waarom niet?" Vroeg Bob met een zweem van een glimlach.

'Omdat je kussen hoort te zijn als het willen zijn van mijn broer.'

"Je hebt geen broers".

'Je begrijpt wat ik bedoel', zei ze, nog steeds geschokt. 'Dat mogen we nooit meer doen.'

"Ja," beaamde hij.

Vrienden kussen niet, en als hun lippen elkaar ontmoeten, doen ze hun mond niet open voor meer.

'Na deze tijd nooit meer', zei Nancy, terwijl ze haar hand achter zijn hoofd legde en hem naar voren duwde voor nog een kus.

Opnieuw gingen hun lippen uiteen en ontmoetten hun tongen elkaar.

Deze kus duurde nog langer dan de andere voordat ze zich terugtrok.

'Wees er niet zo goed in, je weet dat ik een vriendje heb!'

"Een vreselijke vriend die je bedriegt."

'Misschien was het gewoon een avondje uit,' snoof ze, terwijl ze rechtop ging zitten en haar armen over elkaar sloeg, net onder haar borsten.

'Of misschien wil Chris je slipje aantrekken,' zei Bob, wijzend op een deel van de vergelijking waarover ze niet hadden gesproken.

"Waarom zeg je dat?"

'Waarom zou ik die foto anders met jou delen?' Vroeg Bob hem. "Het is altijd de vriendin van je vriend vóór hete babe, tenzij je die hete babe wilt, en dan is het 'Neuk mijn vriend'.

"Noem je me hete schat?"

"Nooit," beloofde Bob.

'Waarom heb je toch geen vriendin?'

Bob werd zenuwachtig.

"Levensdingen."

'Je bent een geweldige vent. Je zou vrouwen in de rij moeten hebben die met je willen daten.'

'Behalve dat meisjes van slechte jongens houden en ik niet.'

'Dat is niet echt waar,' hield Nancy vol, hoewel haar toon net zo zwak klonk als haar ontkenning. 'Nou ja, niet alle vrouwen en niet altijd.'

"Misschien kun je een gerucht over mij beginnen. Je kunt je vrienden vertellen dat ik een geweldige kusser ben en dat ik een geweldige lul heb."

'Groot, maar niet te groot', zei hij.

"Hoe weet je dat?" vroeg hij, de luchthartige opmerking negerend.

En met een brede glimlach deed hij haar een aanbod.

'Kus me nog een keer en misschien zal ik het je laten zien.'

"Het is niet nodig, het wordt gezien." Nancy staarde even naar haar schoot voordat ze zich terugdeinsde en haar blik weer op zijn gezicht richtte. 'Maakt het kussen van me je moeilijk?'

"Hoe kon ik niet."

Nancy stopte haar benen onder haar en ging rechtop staan.

Bobs blik viel op haar borst en merkte en waardeerde hoe zijn nieuwe positie haar borsten accentueerde.

"Laten we zeggen dat we weer kussen en dat je hard wordt, wil je het me echt laten zien?"

'Ik weet het misschien niet,' mompelde hij, en hij zorgde ervoor dat hij niet meer naar haar tieten keek.

Met een ondeugende glimlach haalde Nancy haar vingers door Bobs haar.

'Wat als ik je echt heel erg hard zou maken?'

'Ik denk ...' zei hij, op zoek naar het juiste antwoord op een heel verkeerde gedachte.

Bob herkende de lichte vernauwing van haar ogen boven haar speelse glimlach.

Hij had te veel jaren naar haar gekeken vanuit de andere kamer en hij wist dat hij die specifieke uitdrukking niet kon vertrouwen.

Ze keek opzettelijk nog een keer naar zijn schoot voordat ze hem weer aankeek.

"Dus we kussen, je wordt hard, je laat het me zien, en dat is het dan?"

'Als ik taai word, wil ik misschien meer.'

"Technisch gezien heb ik nog steeds een vriendje."

"Officieel weten we het niet."

'Maar ik ga niet opgeven alsof ik zijn vriendin ben totdat ik hem weer zie.'

"Maar is het oké om me te kussen en naakt te zien?" Ik vraag.

'Naakt en hard,' zei ze, terwijl ze haar lippen likte en haar tong tussen haar tanden plaatste.

"Wat als ik ook een orgasme wil?"

'Ik zal zien dat je je er een geeft.'

Bob lachte.

"Mag dat ook?"

"Niets van dit alles is 'toegestaan'. En dat zal allemaal niet gebeuren als je erover blijft praten. Grijp je kans, Bobbie. Laat het los en kijk waar het heen gaat, dat is alles wat ik zeg."

Bob keek naar zijn vriend, zijn beste vriend, een vrouw die hij al langer kende dan wie dan ook in zijn leven.

Hij wist niet waarom ze beste vrienden waren gebleven, behalve dat ze veilig een no-nonsense politiek tussen hen hadden gevoerd.

Ze waren er altijd voor elkaar als de ander het nodig had.

Ze had al zijn vriendinnen ontmoet.

Hij had al haar vriendjes ontmoet.

Hij had haar zelfs verteld over zijn weinige one night stands.

Hun aantal was aanzienlijk kleiner dan dat van haar.

Hij wist dat hij haar alles kon vragen en dat ze hem een eerlijk antwoord zou geven.

Het had ook altijd in omgekeerde richting gewerkt.

Toch was er maar één vraag die ze elkaar nooit stelden: waarom gingen ze niet uit?

Hij kende de redenen.

Hij was niet knap genoeg.

Hij reed niet in een mooie nieuwe auto.

Zijn gevoel voor mode ging zelden verder dan een spijkerbroek en een T-shirt.

Hij spaarde zijn geld in plaats van het uit te geven aan weelderige geschenken of chique diners.

Hij was niet gezegend met een sluwe tong en het vermogen om te verleiden met een enkele goed gesproken zin.

Meisjes als Nancy hadden geen date met nerds zoals hij en hij had nooit om uitleg gevraagd.

Hij was blij zijn vriend te zijn, een echte vriend, een zonder voorwaarden.

'Zouden we nog steeds vrienden zijn als er iets gebeurt?'

'Misschien,' zei ze, met dezelfde speelse glimlach die ze eerder had gebruikt, de sluwe glimlach waarvan ze wist dat ze ze niet kon vertrouwen.

Ze testte hem en dwong hem om minder te denken en meer te doen.

'Ik haat je,' zei hij, terwijl hij haar dichterbij trok en zijn lippen tegen de hare drukte, terwijl hij een kus van haar nam in plaats van te reageren op een kus die ze had geïnitieerd.

Toen hun lippen uit elkaar gingen, wist hij dat hij niet iets kon stelen dat gratis werd aangeboden.

Hij ontspande zich en liet zijn angst los over wat er zou gebeuren als hun lippen bij elkaar hoorden.

Goed of fout, dit gebeurde en ze keurden het allebei goed.

HOOFDSTUK 3

Een zacht gekreun ging van Nancy's mond naar de hare en ze voelde haar hartstocht stijgen.

Hij streelde haar rug, liet zijn hand langs haar nek glijden en verloor zijn vingers tussen de manen van haar zoete blonde haar.

Nancy kreunde weer en kuste hem hartelijker terwijl Bob zich afvroeg wat hij met zijn andere hand moest doen.

Hij hield haar veilig op zijn schouder en weerstond de drang om haar langs zijn borst te laten glijden en haar borsten te vullen.

Hij zou niet het risico lopen de betovering die op hen was gevallen te verbreken.

"Hoe gaat het met je?" mompelde ze terwijl ze de vraag stelde met haar lippen nog steeds in contact met hem.

'Goed,' bekende hij, een beetje gegeneerd toen zijn kus ook op andere plaatsen magisch begon te werken.

"Word je stoer?"

'Waarom ga je er niet naar kijken?' vroeg hij kronkelend.

'Dat is niet onze afspraak', zei hij. 'Ik kuste me gewoon, weet je nog?'

'We moeten stoppen,' mompelde hij, voortdurend in contact met haar mond.

'Nee,' zei ze, terwijl ze een hand achter zijn hoofd legde en hem in haar kus vasthield.

Haar kleine hand streelde de zijkant van zijn gezicht en hij voelde zijn bloed koken.

Dit was slecht, heel erg.

Vrienden mogen niet zoenen als degenen die geliefden willen zijn.

Hij zou niet hard voor haar moeten worden.

Ze zouden moeten stoppen.

Hij kuste haar opnieuw totdat hij voelde dat Nancy wegliep.

Ze keek naar haar schoot en vroeg:

'Is dat helemaal van jou?'

'Een deel ervan is een sok die ik in mijn broek heb gestopt voordat je hier kwam.'

Zijn ogen werden groot van verbazing toen hij zijn blik naar haar gezicht bewoog.

Ze verwachtte zijn humoristische exit niet.

'Nu moet je het me laten zien, idioot.'

"Nee, dat doe ik niet." Hij zweeg om haar zoetheid weer te proeven.

Nancy trok zich terug.

'Maar je hebt het beloofd en het is al maanden geleden dat ik er een in het echt heb gezien.'

'Kus me en ik zal', zei hij, in de overtuiging dat hij loog.

Ze keek hem afgemeten aan voordat ze hem weer kuste.

Ze nam haar hand van zijn schouder en legde die tussen haar benen.

Hij wist wat ze verwachtte.

Bob omhulde de grote bobbel die in zijn spijkerbroek verscheen om meer aandacht te krijgen en worstelde met de vraag of het goed of fout was.

Elk deel van hem wilde vooruit, behalve dat de dingen tussen hen voor altijd zouden veranderen als hij dat deed.

Ze konden nooit meer terug naar wat ze waren geweest.

Dit zou een vriendschap van tien jaar kunnen verbreken.

Hij zou het niet doen.

Het zou niet moeten.

Behalve dat passie de argumenten van de rede niet herkent.

Hij knoopte de knoop boven op zijn spijkerbroek los.

'Doe het', mompelde ze. "Laat het mij eens zien."

Was ze aan het zoeken?

Kust hij met zijn ogen open, keek langs haar wang en keek naar haar hand?

"Dit is jammer," maakte hij zich woordeloos ongerust, terwijl hij in de opening van zijn boxershort prikte en zijn erectie tevoorschijn haalde, zodat de hele wereld het kon zien, ook al omvatte alleen haar in zijn wereld.

Nancy brak hun kus en keek naar de lange, harde mannelijkheid in haar hand.

Ze grijnsde van oor tot oor, met grote ogen en het soort gezichtsuitdrukking die je zou verwachten als je onverwachts een favoriete beroemdheid tegenkomt in een winkel die 24 uur per dag open is.

'Nu heb je haar gezien,' zei hij, op slag beschaamd en spijtig van zijn beslissing.

Hij begon het weer voor haar op te bergen.

'Maar ik wil haar ook naar beneden zien komen,' drong ze aan, terwijl ze hard aan zijn arm trok en hem belette zich te bedekken.

'Pervers,' grapte hij speels.

"Dan?" vroeg ze lachend met hem.

Nancy sloeg beide armen om Bob's arm en hield hem tegen haar lichaam terwijl hij worstelde om zijn broek opnieuw aan te trekken.

Bob vond het gemakkelijker om zich met één hand uit te kleden dan om het tegenovergestelde te doen.

Hij slaagde erin zijn erectie in de revers van zijn ondergoed te stoppen en verder niets.

Glimlachend keken ze elkaar aan en erkenden dat ze gek aan het doen waren en dat ze ervan genoten.

'Je moet me nog een keer kussen.'

'Je wilt me gewoon weer naakt zien.'

'Waarschijnlijk', gaf hij toe, terwijl hij zijn lippen weer op elkaar drukte.

Terwijl ze kusten, trok ze zijn broek open.

"Wat doe je?" vroeg hij, terwijl hij zijn lippen dicht bij de hare hield. 'Ik wil haar weer zien.'

'Nee,' zei Bob, al hield hij niet op.

'Ja,' drong ze aan, terwijl ze haar spijkerbroek tot halverwege haar kont trok.

Ze haakte haar duim in de tailleband van zijn boxershort en dwong hem ook naar beneden.

'Nancy, alsjeblieft,' smeekte hij, klaar om haar te helpen of tegen te houden. "We kunnen niet".

Ze trok zich los van zijn kus, keek hem recht in de ogen en sprak een heel simpele waarheid:

'Nee, dat zouden we niet moeten doen, maar niets zegt dat we het niet kunnen.'

HOOFDSTUK 4

Bob knipperde hard met zijn ogen en probeerde de fout in zijn redenering te vinden.

Zijn snelle en zeer analytische geest gaf hem maar één reden.

"Jij bent belangrijker voor mij dan een orgasme."

"Ik voel me hetzelfde." Ze werkte met haar ondergoed om het te laten zakken. 'Daarom is dit prima.'

"Omdat we vrienden zijn?" vroeg hij, haar naaktheid met beide handen bedekkend.

'Omdat onze vriendschap zoiets niet in de weg laat staan,' zei hij, een van zijn handen wegduwend. "Geef me nu een goede show."

Voordat Bob bezwaar kon maken, drukte ze haar mond tegen de zijne, waardoor hij geen andere keus had dan te kreunen.

Als hij klaagde, leek ze het niet erg te vinden.

Nancy's kussen waren dieper en gepassioneerder dan ooit.

Zijn gezwollen lul hunkerde naar aandacht.

Waarom zou je niet toegeven aan je wensen?

Als dit iets was wat ze wilde, waarom zou ze het dan niet volgen?

Wie ontnam hij een goede tijd?

Hij wreef verschillende keren over zijn erectie, Nancy kreunde en wist dat ze keek.

'Stop alsjeblieft niet,' zei ze, terwijl ze zijn kus verbrak om beter te kunnen zien.

'Ik zal het niet doen, behalve dat ik een probleem heb.' Ze keek hem verbaasd aan. 'Ik ben rechtshandig,' legde hij uit, terwijl hij aan de arm trok die hij nog steeds tegen zijn lichaam hield.

'Sorry,' mompelde hij, terwijl hij een arm om haar schouders sloeg terwijl ze toekeek hoe hij zijn lange, harde pik streelde.

Hij voelde haar borsten tegen zijn arm en dat voedde zijn behoefte.

Even keek hij toe voordat hij zei: "Dit is erg sexy."

Ze kuste hem opnieuw, niet zo lang, maar net zo diep.

'Ik heb nog nooit een jongen het hem zien aandoen.'

'Ze hebben me het ook nog nooit zien doen', bekende hij, zich niet op zijn plaats voelen, alsof hij te veel taboes tegelijk doorbreekt.

'Je gaat toch niet stoppen, hè?'

'Daar dacht ik niet aan.' Het idee om te stoppen voor een orgasme was nooit bij haar opgekomen.

"Goed, want ik wil het zien. Ik wil dat je een orgasme krijgt."

'Dit is belachelijk', mompelde hij.

'Maar het is toch leuk, hè?' vroeg ze, terwijl ze zijn blote dij aaide.

'Je kunt helpen als je wilt.'

'Nee, ik wil gewoon kijken', zei hij, hoewel hij zijn hand op haar dij hield.

Wist ze dat het hielp?

'Kunnen we nog wat kussen?'

Ze bukte zich en kuste hem opnieuw.

Bob leunde achterover, ontspande zich en smolt in zijn kus.

Verdomme, haar lippen voelden zo goed tegen de zijne.

Hij streelde zijn harde pik sneller en genoot van het moment.

Ze brak zijn kus voor nog een lange blik voordat ze haar lippen naar de zijne keerde.

'Ik hou ervan hoe je me kust', kreunde hij toen ze achterom keek.

Ze tilde haar hoofd van de rugleuning van haar bank en nestelde zich tegen zijn nek.

'Je ruikt zo zoet.'

'Dat is haarconditioner', zei ze, terwijl ze hem nog een kus gaf, hoewel het deze keer maar een kusje was.

'Het kan me niet schelen, maar ik mag hem wel. Ik heb hem altijd al gemogen.'

Nancy keek verbaasd.

"Werkelijk?"

Hij knikte en vocht tegen het gevoel te veel te onthullen.

Nancy was altijd buiten bereik geweest, te mooi en sociaal goed verbonden, onmogelijk voor iemand als hij.

Hoezeer Bob ook om haar rouwde, hij wist dat hun vriendschap alles was wat hij zou hebben.

Meisjes zoals Nancy gingen niet uit met nerds zoals hij.

'Ik kom dichterbij,' kreunde hij, terwijl hij aan de onderkant van zijn overhemd trok en zijn buik blootlegde.

'Hm, ik hou van je maag', zei hij, terwijl hij over haar pas ontdekte vlees streelde.

"Vooral dit deel." Hij kietelde de haarlijn die van haar navel naar beneden liep tot aan haar schaamhaar. 'Je oefent toch?'

'Iets,' kreunde hij, terwijl hij dichter bij die grillige rand kwam waar geen terugkeer meer mogelijk was.

Het was geen sportschoolrat.

Zijn trainingen bestonden elke ochtend uit vijftig squats en vijftig push-ups, naast om de dag een paar kilometer hardlopen.

Hij wist dat hij nooit de gespierde Adonis zou zijn die ze verdiende.

'Doe het,' spinde ze en kuste hem even. "Ik wil het zien."

Bob werd meegesleurd in een wervelwind die werd aangewakkerd door lust, opgekropte behoefte, onuitgesproken verlangens en geluk dat zijn beste vriend ook gelukkig leek.

Hij gaf zich over aan de magie van het moment en haalde diep adem voordat zijn vrijlating begon.

Zijn pik explodeerde van de vreugde van het loslaten, terwijl hij een lange, dikke lok van zijn hete witte sperma langer spoot en sproeide dan hij had verwacht.

Zijn sperma spatte vervolgens op zijn gerimpelde overhemd en landde op zijn borst.

Elke volgende knop volgde hetzelfde pad in dezelfde mate totdat een lange rij melkwitte nattigheid van zijn borst naar de kop van zijn harde pik leidde.

"Oh shit, dat is sexy!" Gilde Nancy, stuiterend van vreugde. 'Dat is misschien wel het meest sexy dat ik ooit heb gezien! Bedankt!'

Ze begon zijn gezicht snel achter elkaar te bespatten met meer kussen, zo veel dat het voor hen allebei leuk was.

'Dus was dat leuk?' vroeg hij, terwijl hij haar reactie opzettelijk begreep.

"Dat was ongelofelijk!" gilde ze voordat ze iets deed wat hij niet had verwacht.

Hij haalde een handvol sperma uit haar maag en stopte het in haar mond.

"En het is ook lekker."

'Probeer je me het een tweede keer te laten doen?'

"Maak je een grapje?" Ze lachte, schepte sperma op met een andere vinger en voerde het aan hem. 'Zie je wel? Het is heerlijk, is het niet?'

'Wauw,' zei hij met een verbaasde blik. 'Dus dat is net gebeurd.'

"Wat? Heb je jezelf nooit bewezen?" vroeg hij, terwijl hij met zijn vinger door een plas sperma ging alsof hij aan het vingerverven was.

"Je doet?"

'Ik doe het de hele tijd,' zei hij lachend. 'Maar ik vind de jongens leuker, ze weten wel beter.' Hij likte aan zijn vinger voordat hij terugkwam voor meer.

'Mag ik me nu aankleden?'

'Misschien,' zei ze, hoewel ze niet bij hem vandaan liep.

In plaats daarvan hield ze hem tegen de bank gedrukt terwijl ze speelde met de rotzooi in zijn maag en naar zijn mannelijkheid staarde.

"Heeft iemand je ooit verteld dat je een grote lul hebt?"

'Niet dat ik het me kan herinneren.'

"Nou, dat weet je, en het is ook geweldig."

'Groot, maar niet te groot,' zei hij, zijn woorden van eerder herhalend.

Hij verontschuldigde zich.

Even later kwam hij schoon terug en droeg een nieuw shirt.

Hij plofte naast haar op de bank neer en ze wisselden een onzekere glimlach uit.

"We zijn in orde?"

Ze knikte.

"Nog steeds beste vrienden, ik moet wel gaan."

'Vanwege wat er net is gebeurd?'

'Nee, want ik moet' s ochtends werken en het wordt al laat, 'zei ze, terwijl ze haar lippen tegen de zijne streek voordat ze opstond. 'En misschien moet ik wat lol hebben in mijn eentje.'

'Je bent opgewarmd,' zei hij, haar achterna naar de deur.

'Waarschijnlijk,' gaf ze toe, terwijl ze even bleef staan om hem van top tot teen te bekijken voordat ze de deur opendeed en wegging.

HOOFDSTUK 5

Nancy stelde voor om te lunchen bij een fastfoodrestaurant.

Bob erkende dat hij zijn favoriete troostmaaltijd had genoemd.

Ze begroette hem bij de deur met een brede glimlach die hij niet had verwacht.

'Het spijt me,' zei ze, nadat ze hem van top tot teen had bekeken en voordat ze hem een beleefde kus op zijn wang gaf. 'Ik dacht aan gisteravond.'

"Gaat het nog steeds?" Ik vraag.

'Natuurlijk', zei ze. 'Maar je kunt me nooit meer kussen. Je bent gevaarlijk.'

"Me?" spotte hij, lachend. "Jij begon!"

'Misschien', gaf ze toe, terwijl ze even bleef staan om haar verzoek in te dienen.

Ze raapten bekers op, bezochten het drankstation en zaten aan een tafel weg van alle anderen.

'Is het oké als we het nog steeds over Andy hebben?'

'Wat je maar wilt,' verzekerde hij haar.

'Denk je dat het verkeerd is dat ik hem nog steeds mis?'

"Niet echt." Hij haalde zijn schouders op. 'Je bent nu bijna een jaar bij hem. Ik denk dat je hem zou moeten missen.'

'Maar hij bedriegt me,' zei ze, terwijl ze haar rol speelde om het ergste op zich te nemen.

'Het had een one night stand kunnen zijn.'

"En als het niet zo was?"

"Wat als het zo was?" vroeg hij, terwijl hij Devil's Advocate voor haar speelde.

Ze stopten met praten toen een medewerker hun eten bezorgde.

'Voel je je schuldig over gisteravond?'

'Waarom? Er is niets gebeurd. Ik bedoel, niet echt, begrijp je?'

Bob knikte.

Maar zo was het niet voor hem.

'We hebben niets gedaan,' drong Nancy aan. "Ik bedoel, natuurlijk, we kussen, maar wat dan nog?"

'Denk je dat Andy het zou goedkeuren?'

"Fuck you," klaagde Nancy. 'Ik heb je niet gekust vanwege wat Andy aan het doen is.' Hij nam een hapje eten. 'En ik ben blij dat ik je heb gekust. Je bent een geweldige kusser.'

'Zorg ervoor dat je het aan je vrienden vertelt,' grapte Bob.

'Mag ik je ook de rest vertellen?' Vroeg Nancy, weer met een glimlach.

'Misschien wilt u dat deel voor uzelf bewaren.'

"Heb je er spijt van?"

'Het voelt raar om te weten dat je me zo hebt gezien.'

'Ik vond het leuk', drong ze aan met een speelse glinstering in haar ogen. "Ik wil het nog een keer doen."

'Behalve dat je een vriendje hebt.'

'Ik kan toch nog kijken?'

'Ik denk het wel,' zei Bob lachend.

'Wat als ik meer wilde doen dan alleen kijken?'

'Verleidelijk, behalve dat je nog een vriendje hebt.'

Nancy hield haar hoofd schuin en dacht er lang over na voordat ze haar lege bord wegduwde.

"Zie je? Precies daar, daarom hou ik zo veel van je."

'Omdat ik weet dat je een vriend hebt?'

'Omdat dat iets voor je betekent.'

"Test die theorie gewoon niet te veel", waarschuwde hij en meende het.

'Ik moet vanavond wat vrienden van mijn werk ontmoeten voor een drankje, wil je met me meegaan?'

'Het klinkt alsof je me mee uit vraagt,' zei Bob.

'Eigenlijk hoop ik dat je me tegen Chris beschermt. Verdomme, hij wordt vervelend. Hij stalkt me sinds Andy vertrok en het wordt alleen maar erger.'

'Hij overtreedt echt de vriendencode.'

Er kwam een vervelende gedachte bij Bob op, een gedachte die hij voor zichzelf wilde houden, behalve dat hij dat niet kon.

'Wat als Chris die foto van Andy al op zijn telefoon had staan? En als het van voordat Andy met je begon te daten?'

"Niet rotzooien!" Zei Nancy, terwijl ze haar telefoon tevoorschijn haalde en de verdomde foto nog een keer opende.

Hij spreidde het beeld uit en bestudeerde de details ervan.

Helaas waren er niet veel details te zien behalve Andy, zijn date en het bed.

'Ik word het beu om naar deze foto te kijken', klaagde hij.

Ten slotte hield ze op met onderzoeken en keek haar zegevierend aan terwijl ze naar de map op het nachtkastje wees.

"Dat is dezelfde map die ze me hebben gegeven toen ik die training vorig jaar deed."

'Dus ik denk dat het waar is,' zei Bob, die zich slecht voelde voor zijn vriend terwijl hij zag dat teleurstelling het plezier van zijn flits van ontdekking verving. 'Het spijt me. Ik had daar niet op moeten wijzen.'

'Nee, het is oké,' zei hij, weer naar het hele plaatje kijkend. 'Je probeerde Andy te verdedigen, niet hem onder de bus te gooien.'

"Ja, ik ben gewoon zo dom."

'Het is niet dom zijn, het wordt een vriend zijn genoemd. Ik zou je kussen, behalve ...' stopte ze, terwijl ze haar suggestie niet afmaakte.

'Behalve dat je een vriendje hebt.'

'Eigenlijk wilde ik zeggen: behalve dat je misschien niet wilt stoppen.'

'En je hebt een vriendje,' drong Bob aan.

'Nog maar een paar weken,' zei hij, terwijl hij zijn telefoon opbergde. 'Kom je vanavond dus met me drinken?'

'Vertrouw je me daarvoor genoeg?'

Ze lachte.

'En vertrouw je me? Misschien wil ik je weer naakt zien.'

'Je wilt me irriteren.'

'Misschien', zei hij met een speelse knipoog. Bob wou dat hij begreep wat die knipoog betekende. Speelde hij spelletjes of flirtte hij?

HOOFDSTUK 6

Voor de schijn reed Bob naar de locatie zonder aan te bieden haar op te halen voor Nancy.

Ze waren vrienden en niets meer, maar andere mensen hadden moeite het verschil te begrijpen.

Om dezelfde reden was Bob een beetje laat.

Terwijl hij door het pand liep, observeerde hij de scène.

Vrienden van Nancy's werkplaats bezetten de centrale ruimte rond de bar.

Hij zag gezichten die hij herkende van soortgelijke ontmoetingen.

Hij glimlachte ook terug naar mensen die hem vaag herkenden.

Hij zag Any en Julia in een hokje zitten en wist dat Nancy niet ver van haar twee vrienden zou zijn.

"Bob!" Elke krijste zodra ze het zag.

Ze sprong uit het hokje en omhelsde hem.

'Nancy zei dat je hier zou zijn.'

"Ik ben, maar waar is ze?" Vroeg hij, terwijl hij met beide vrouwen omhelzingen en luchtkusjes uitwisselde.

'Aan de bar, naast Chris,' zei Julia. 'Hij werkt er hard aan.'

'Dus ik heb geluisterd,' zei Bob. "Ze vroeg me om haar pik te blokkeren."

'Je bent zo'n goede vriendin,' zei Any met een blik van bewondering in haar ogen. "We hebben het zelf geprobeerd, maar Chris slaat ons gewoon knock-out."

'Ik denk dat hij haar nog een foto heeft laten zien,' bood Julia aan.

'Dat begrijp ik niet. Waarom?' Iedereen zei.

'O, het zijn jongens. Ze zaten in dezelfde broederschap op de universiteit, dus ze zijn dichtbij.'

'Ik denk het wel,' gaf Bob toe, zich realiserend dat Julia het had over een wereld die ze nooit begreep.

Hij accepteerde zijn plaats in het leven als een nerd, omringd door voornamelijk nerdy vrienden.

Nancy was een keer met hem meegegaan naar een feestje op zijn werk en had gelachen bij het zien van zoveel magere mensen met een bril in een kamer.

Bob liep naar de bar, samen met zijn vriend.

'Hallo,' zei hij.

Hij knikte naar Chris.

"Hi knappe!" Nancy glimlachte breed voordat ze haar wang kuste.

Over zijn schouder zag hij hoe Chris hem evalueerde zonder voldoende informatie te krijgen om tot een geldige conclusie te komen.

'Julia zit in een hokje,' zei Nancy, terwijl ze zijn hand pakte en hem wegtrok.

Toen ze eenmaal buiten gehoorsafstand van Chris waren, legde ze uit:

'Ik heb Chris verteld dat ik op je wachtte, zodat ik kon vertrekken zonder dat hij van streek was.'

HOOFDSTUK 7

Ze brachten een uur door met drinken en lachen, vooral om het waakzame oog dat Chris op het viertal hield.

Bob had het naar zijn zin, dronk een biertje en hield het goed.

Noch Nancy, noch Julia toonden dezelfde terughoudendheid.

'Ik neem aan dat jij de aangewezen chauffeur bent?' Vroeg Bob aan Any.

'Ja,' zei hij met een zucht.

Toen Julia dronken werd, raakte ze meer geïnteresseerd in Bob.

Het was een patroon dat hij al voor die avond had herhaald.

'Je bent zo schattig,' zei ze, bungelend aan zijn arm.

Bob keek naar Nancy om hulp.

Hoewel Julia mooi was, was ze aanhankelijk en een beetje maf, twee eigenschappen die haar afkeerden.

"Jij denkt?" Nancy gooide. 'En hij kan ook geweldig zoenen.'

'Ik dacht dat jullie twee gewoon vrienden waren?' Vroeg Julia verward.

'Beste vrienden,' zei Nancy. 'Je hebt geluk dat ik al een vriendje heb.'

'Een vriendje?', Zei ze terwijl ze haar ogen opendeed. 'Heeft Chris je nog een foto laten zien?'

'Hij heeft me veel foto's laten zien. Blijkbaar heeft hij een hele collectie die Andy hem van andere vrouwen heeft gestuurd.'

"Wat een viezerik!" Iedereen zei, in navolging van de mening van alle anderen aan tafel.

'Verdomde jongens,' voegde Julia eraan toe voordat de drie vrouwen woedend waren over het feit dat bijna alle jongens idioten waren en hen onwaardig.

'Zie je wat er gebeurt als je ons meisje niet respecteert?' Elke vraag Bob.

'Dat zou ik nooit doen,' zei hij verward. 'Bovendien zijn we gewoon vrienden.'

'Uh-huh,' zei Julia en ze opende haar ogen. "Vrienden die kussen."

Ondanks de anti-man-tirade die ze net hadden beëindigd, kwam hij weer dichterbij met Bob.

"Ik wil jouw vriend zijn."

'En hij heeft een grote lul,' bood Nancy aan.

Haar vrienden juichten dat stukje informatie toe met geschreeuw en gehuil aangewakkerd door alcohol.

'Zal ik je vragen hoe het dat weet?' Vroeg Julia.

'Waarschijnlijk niet,' zei Bob, die zich erg ongemakkelijk voelde bij de richting van het gesprek.

'Hij heeft het me laten zien,' kondigde Nancy aan, terwijl ze de verbaasde blikken van haar vrienden trok. 'Er is niets gebeurd. Nou, niet echt.'

"Mijn God, ze bloost!" Elke schreeuwde, wijzend op de situatie van Bob.

'Oké, ik wil details,' eiste Julia.

Bob keek Nancy aan.

Hij had ze hierin betrokken, hij kon ze er ook uit krijgen.

Behalve dat Nancy daar niet in geïnteresseerd was.

"Ga je gang, vertel het ze."

Met grote ogen schudde Bob zijn hoofd.

Hij kon op geen enkele manier uitleggen wat er was gebeurd.

'Goed,' zei ze, terwijl ze haar bier leeg dronk.

Zijn verhaal was een flagrante leugen.

"Op een avond werden we echt dronken, hij verloor een weddenschap en ik liet hem het me laten zien."

"Was het moeilijk?" Elke gevraagd.

"Is het echt groot?" Julia wilde het weten.

'Groot, maar niet te groot,' zei Nancy lachend. "Ja mooi".

"Schattig?" Vroeg Bob, niet zeker of het een goed woord was om de lul van een man te omschrijven.

'Ja, dat is het,' drong ze aan. 'Maar je moet je wel laten scheren.'

'Ik vind het heerlijk als een man zich daar scheert,' zei Any, zonder aarzelen Nancy's leugen te aanvaarden.

'Ik ook,' beaamde Julia. 'Waarom zouden ze van ons verwachten dat we ons daar scheren als ze dat ook niet doen?'

"Ik zal dat in gedachten houden voor de volgende keer," zei Bob, terwijl hij in gedachten een notitie maakte voor wanneer een nieuwe relatie begon.

'Mag ik je het zien doen?' Vroeg Nancy.

Bob bleef spelen.

"Zeker."

'Kunt u een vriend meenemen?'

'Hoe meer hoe beter,' zei hij.

Ze maakte zeker een grapje.

'Ik kon niet gaan. Ik heb een vriendje,' klaagde Any.

'Ik ook,' merkte Nancy op.

'Behalve dat ze een echt vriendje heeft,' merkte Julia op.

Bob probeerde het spel te beëindigen door te zeggen: 'Ik scheer me daar vanavond niet.'

"Zal ik het doen?" Bood Julia aan. "Ik was vroeger kapper, dus ik ben erg goed met scheermessen en scheermessen."

'En ik laat een dronken meisje het niet doen,' drong hij aan.

'Nou, dan zullen we je het gewoon zien doen,' zei Nancy, haar woorden verdraaiend.

Ze vroeg haar vriendin om een beslissing.

'Hem zien scheren is toch niet hetzelfde als valsspelen?'

'Het is niet te vergelijken met wat Andy waarschijnlijk vanavond zal doen,' zei Any.

'Au,' zei Bob, en hij merkte dat Nancy huiverde.

Zijn hart was bij haar.

Ze verdiende iemand die veel beter was dan Andy (of Chris).

'Het spijt me zo,' zei Any snel, zich verontschuldigend tegenover haar vriend.

Nancy haalde haar schouders op voordat ze de rest van haar bier door haar keel gooide.

Hij slaakte een lange, luide boer, gevolgd door een zeer tevreden glimlach.

'Iemand bestelt me nog een drankje.'

Hij stond op en ging naar de badkamer.

Julia en Any volgden haar.

HOOFDSTUK 8

Bob bestelde bier voor twee van de drie meisjes en keek op zijn telefoon.

Hij keek op en zag Chris voor de tafel staan.

'Weet je dat je bij haar geen kans maakt?' Vroeg Chris.

"Vergiffenis?" Vroeg Bob verward terug.

"Je weet wie ik bedoel," Chris was woedend. 'Hij houdt niet van nerds of monsters.'

'We zijn gewoon vrienden,' antwoordde Bob, ervan uitgaande dat Chris het over Nancy had.

'Houd het zo,' zei Chris voordat hij terugkeerde naar zijn plek aan de bar.

Bob had even de tijd om over Chris 'woorden na te denken.

Hij had zich nooit zorgen gemaakt over pestkoppen of gepest worden.

Toen de meisjes terugkwamen, gingen slechts twee van de drie weer zitten.

'Er kwam iets tussen', zei Any, terwijl hij aan het einde van de tafel stond. 'Denk je dat je ze mee naar huis kunt nemen?'

'Tuurlijk,' zei Nancy, terwijl ze voor hem antwoordde. 'Je vindt het niet erg, hè?'

Bob voelde dat hij werd gemanipuleerd, maar gaf hetzelfde antwoord als hij zou hebben gegeven zonder te vermoeden dat er iets anders aan de hand was.

"Ik heb er geen last van".

'Bedankt,' zei Any, terwijl hij zich voorover boog en hem op de wang kuste.

"Wees goed!" Zei ze voordat ze wegging.

'Ga je niet nog een borrel drinken?' Vroeg Julia hem.

"Nee, aangezien ik ga rijden."

'Bob is bang om te veel te drinken omdat hij misschien flauwvalt,' zei Nancy, nog een reden waarom hij voorzichtig zou moeten zijn met alcohol.

'Dat is maar één keer gebeurd,' bracht hij haar in herinnering.

'Ik weet het, maar ik verzeker je dat het leuk was.'

'Was dat de keer dat je hem naakt zag?' Vroeg Julia, achterover leunend op Bob.

'Uh-huh,' bevestigde Nancy met zo'n grote, opgetogen glimlach dat Bob zich afvroeg of er enige waarheid zat in zijn eerdere leugen.

Toen de receptionist terugkwam voor nog een bestelling voor een drankje, wees Julia hem af.

'Maar het is nog vroeg.'

'Ik heb drank in mijn huis,' zei Julia voordat ze een brede glimlach wierp. 'En al mijn haarknipgereedschap.'

'We moeten gaan,' drong Nancy aan, met een grote glimlach van haarzelf.

Bob ging ervan uit dat alles was voorbereid.

In plaats van te protesteren of ruzie te maken, speelde hij zijn kaarten.

Hij ging voorop naar zijn auto.

"Dit is van jou?" Vroeg Julia, verwonderd over het schitterende, felrode antiek dat gloeide onder de parkeerlichten.

'Ja,' verzekerde Bob haar, terwijl hij het passagiersportier van zijn klassieke Mustang opendeed.

Hij nam niet de moeite om uit te leggen dat het een investering was, een auto waarin hij kon rijden zonder waarde te verliezen.

Nancy klom op de achterbank, zodat Julia voorin kon zitten.

Terwijl Bob naast hem zat, merkte hij dat Chris buiten de kamer stond.

Bob glimlachte en zwaaide.

HOOFDSTUK 9

Julia woonde in de buurt, maar ze praatte de hele tijd dat ze aankwamen.

Noch Bob noch Nancy konden in hun monoloog een woord zeggen.

Hij parkeerde voor zijn appartement in herenhuisstijl en volgde de meisjes naar binnen.

'Ik kan niet geloven dat we dit echt gaan doen,' zei Julia terwijl ze aan haar slot rommelde.

'Hier hetzelfde ...' zei Bob fronsend naar Nancy.

'Kom op, het wordt leuk,' zei Nancy opgewonden.

Julia's appartement paste bij haar opgewekte karakter.

Zijn meubels bevatten grote bloemenprints.

Roze en donkerroze waren duidelijk haar favoriete accentkleuren.

Terwijl hij wat drankjes aan het mixen was, fluisterde Bob tegen Nancy:

'Het enige dat hier ontbreekt, zijn een dozijn katten.'

Bob nam een slokje van zijn drankje, proefde dat het voornamelijk alcohol was en legde het opzij.

Nancy wees erop dat de onderzetters kattenpootafdrukken bevatten.

'Ik moet mijn spullen pakken,' zei Julia opgewonden terwijl ze naar boven rende.

'Dat ga ik echt niet doen,' zei Bob tegen Nancy.

"Zelfs niet voor mij?" vroeg ze, terwijl ze zich naast hem op de bank nestelde.

Ze drukte haar borst tegen zijn arm en wreef over haar dij.

"Meen je het?" Vroeg Bob, verrast door haar botheid. "Hoe dronken ben je?"

'Dronken genoeg,' zei ze, terwijl ze haar gezicht naar het zijne draaide en hem een snelle kus gaf.

'Nancy, alsjeblieft,' smeekte Bob ongemakkelijk kronkelend.

'Kom op,' drong ze aan, terwijl ze hem nog een kus gaf terwijl ze probeerde zijn broek los te knopen.

"Werkelijk?" vroeg hij, stomverbaasd door haar verwachting. "Je hebt geen vriendje?"

'Er gaat niets gebeuren. Niet echt.' Ze gaf hem nog een kus. "Ik wil gewoon pronken."

'Misschien wil ik niet opscheppen,' zei Bob, zich afvragend waar Julia zo lang over deed.

Moet ik ze nu niet onderbreken?

"Alsjeblieft, welke man wil niet naakt worden met twee meisjes en zien wat er gebeurt?"

"Ga jij je ook uitkleden?"

'Misschien,' stelde Nancy voor, terwijl ze haar borsten tegen zijn arm drukte.

Bob voelde zijn wilskracht verzwakken.

"Mag ik nu naar beneden komen?" Riep Julia vanaf de top van de trap en brak het moment.

'Idioot,' mompelde Nancy.

Bob grinnikte.

'Je kunt je opluchting ook verbergen,' zei Nancy, terwijl ze bij Bob vandaan stapte.

Zachtjes zei ze tegen hem: 'Je bent nog niet uit het bos.'

Met een roze tas met touwtjes die eraan bungelden, zag Julia er verward uit.

"Maar hij is niet naakt."

"Ja, ik vraag me af waarom ....". Nancy zuchtte. 'Het is bijna alsof iemand ons heeft onderbroken.'

Julia keek eerder verward dan spijtig dat ze haar plan niet had laten werken.

"Jij bent verlegen?" Ze vroeg hem.

'Zoiets,' zei hij.

Julia zocht hulp bij Nancy, vond er geen en nam het heft in eigen handen.

Ze zette haar tas neer en ging schrijlings op Bob's benen zitten, leunend op haar knieën.

'Je gaat hier pas weg als we de controle hebben afgerond.'

'Ik laat me niet door een dronken meisje benaderen met scherpe instrumenten,' legde hij uit.

'Ten eerste ben ik niet zo dronken. En ten tweede, als ik nuchter was, zou ik dit niet doen.'

'Je zou hem moeten kussen,' stelde Nancy voor. 'Hij kan heel goed zoenen.'

Julia sloeg een kom voor Bobs gezicht en testte de suggestie van Nancy.

Zijn kussen voelden goed, maar ze waren niet zo verrassend als de kussen van Nancy.

Julia's kussen voelden in vergelijking daarmee slordig aan.

Bob paste zich aan en kuste haar terug zonder zijn tong aan te bieden.

Wetende dat Nancy naar hem keek, bracht hem in verlegenheid.

"Waarom Bloos je?" Vroeg Julia, terwijl ze haar rode gezicht opmerkte terwijl ze wegliep.

'Ik weet het niet,' mompelde hij.

'Het is opwindend om te zien dat je hem kust,' zei Nancy breed grijnzend. "Doe het opnieuw."

Julia nam nog een kus van hem aan.

Terwijl ze kusten, leidde Nancy een van Bobs handen naar Julia's borst.

Julia kreunde en zijn kus werd dieper zodra zijn hand op haar borst landde.

'Mm, wat heet,' spinde Nancy, zich weer tegen Bob's arm drukkend.

Toen Julia zich terugtrok, draaide Nancy het hoofd van Bob om en nam nog een kus voor haar.

Hij kuste Nancy terwijl hij Julia betastte en haar hoofd draaide zich om.

Hij voelde zich dronken zonder te drinken toen zijn lichaam de emotie van deze twee vrouwen die hem kusten op prijs stelde.

'Iemand wordt taai,' kondigde Julia aan, kronkelend tegen de bult die in haar broek groeide.

'Ik wil het zien,' zei Nancy, terwijl ze naar Bobs lichaam keek.

'Ik ook,' zei Julia, terwijl ze zich voorover boog voor nog een kus.

Terwijl haar lippen bezig waren, waren haar handen dat ook.

Ze knoopte de voorkant van haar broek los terwijl Bob haar borst verkende.

Hij reikte in haar shirt, vond de haakjes aan haar beha en ritste hem behendig open.

Toen haar handen weer naar haar voorhoofd gingen, reikte hij onder haar losse beha en omhulde haar blote borsten.

Ze vond stijve tepels en gaf meteen toe.

Julia rukte haar broek open en deed haar heupen uit.

'Help me,' zei hij tegen Nancy en kuste Bob meteen weer.

Toen hun tongen elkaar ontmoetten, voelde hij dat Nancy aan zijn broek trok totdat ze niets meer had.

Julia verbrak zijn kus opnieuw, dit keer zodat hij zijn shirt over zijn hoofd kon trekken en hem naakt en hard achterliet.

"Oh wauw," zei ze terwijl ze tussen hen in stapte en haar hand om zijn harde pik sloeg.

'Zie je wel? Groot zonder te groot te zijn,' zei Nancy, terug op de bank en keek naar de actie.

Julia hield haar handen tussen haar benen, terwijl ze Bob's hardheid aanraakte en streelde terwijl ze kuste.

Bob duwde haar blouse weg, in de hoop hem uit te trekken, zodat hij niet de enige was die naakt was.

'Nee,' zei Julia, terwijl ze haar handen wegduwde. "Alleen jij."

'Nou, dat is oneerlijk,' zei Bob, en hij zocht naar Nancy om hulp die hij niet kreeg.

'Waarom niet? Wat is er mis met naakt zijn voor ons?'

'Het is gênant', zei Bob gefrustreerd en voelde zich erg kwetsbaar.

'Ik vind het leuk,' drong Nancy aan.

'Ik ook,' bood Julia aan, terwijl ze van zijn schoot glipte en haar drankje oppakte.

Haar ogen lieten hem nooit meer los terwijl hij een klein slokje nam.

'Maar je hebt gelijk, we gaan de zaken echt een beetje in evenwicht brengen.'

"Wat bedoelt u?" vroeg hij, terwijl hij zich verzette tegen de neiging om zijn hardheid te verbergen.

Hoe kon hij naakt zijn, duidelijk opgewonden en er toch natuurlijk uitzien?

'Ze heeft een geweldig lichaam,' zei Julia, terwijl ze in haar blouse reikte en haar beha uittrok zonder haar shirt uit te doen.

Haar tepels zagen er nog steeds hard uit.

"Is het niet zo?" Nancy reageerde alsof Bob ze niet kon horen.

'Waarom neuk je hem niet?'

'Omdat we vrienden zijn,' legde Nancy uit, alsof dat voldoende uitleg was.

'Verdomme vrienden zijn,' zei Julia, terwijl ze naar Bob keek. "En wat is uw excuus?"

'Omdat we vrienden zijn,' zei Bob schouderophalend.

Toen voegde hij eraan toe:

'En ze heeft altijd een vriendje.'

'Jullie twee zijn genaaid,' zei Julia hoofdschuddend terwijl ze haar tas pakte.

'Laten we beginnen. Kom met me mee naar de keuken.'

Bob verzette zich tegen de neiging om zijn kleren op te rapen en ermee weg te rennen.

Maar naakt en hard door Julia's huis lopen voelde vreemd aan.

'Je hebt zo'n schattig kontje,' zei Nancy, hem achterna.

Ze kneep in zijn blote billen.

'Al genoeg,' zei hij, terwijl hij opsprong en lachte.

HOOFDSTUK 10

Julia legde haar verzorgingsset op het aanrecht en stak de stekker in het stopcontact.

Hij trok een stoel bij en ging zitten.

"Oké, blote jongen, blijf hier."

Ze wees naar voren.

Met een melancholische glimlach streelde ze zijn harde pik verschillende keren voordat ze hem aankeek en vroeg:

"Elke aanvraag?"

'Ik weet het niet,' antwoordde hij, terwijl hij naar Nancy keek voor een suggestie.

'Volledig in de was gezet zou voor mij werken,' zei Nancy, terwijl ze tegen het aanrecht leunde zodat ze kon kijken.

Hij had een grote glimlach en zag er erg blij uit.

'Dat dacht ik ook,' zei Julia, terwijl ze het scheermes aanzette, zijn harde erectie opzij hield en het scheermes in een rechte lijn naar beneden harkte.

Zodra hij begon te werken, veranderde zijn houding en begon hij te lijken op alle kappers die Bob had bezocht met zijn constante stroom van gesprekken.

"Ik deed dit altijd bij mijn laatste vriendje. Hij hield ook van harsen. Zelfs nadat we uit elkaar waren gegaan, wilde ik dat hij het bleef doen, maar ik deed het daarna niet meer. Ik bedoel, waarom zou ik? wat zou hij willen scheren voor een ander meisje? Dat is gek. Ik heb het een keer gedaan, alleen omdat het heet was, maar er gebeurde niets. Ik had een mooie lul, maar niet zo goed als die van jou. Ik hou echt van hoe zacht de jouwe is. veel jongens hebben die hele grote, uitpuilende aderen als ze hard worden en ze zijn mooi en zo, behalve die van jou is mooier ... "

Bob keek naar Nancy die de actie rond zijn harde pik aandachtig bekeek.

Er ging een moment voorbij voordat ze opkeek en zijn ogen ontmoette.

Hij keek haar aan en ze begreep precies wat hij bedoelde.

'Nooit,' antwoordde ze en beantwoordde zijn onuitgesproken vraag of Julia ooit zijn mond zou houden.

'Eieren zijn ingewikkeld,' zei Julia, zich niets anders bewust van haar werk. 'Kijk, je moet ze gladstrijken, zodat je ze zonder inkepingen kunt knippen.'

Ze streelde Bobs zak met ballen, zich schijnbaar niet bewust van hoe het gezoem van het scheermes tegen zijn ballen even opwindend was als zijn tedere slagen.

In plaats daarvan bleef ze dwalen.

'Ik heb ook aangeboden om dit voor Any's vriendje te doen, maar ze vond het geen goed idee. Ik weet niet waarom. Het is niet alsof ik haar een pijpbeurt geef of zoiets.'

"Het voelt meer als een aftrekking," injecteerde Bob.

'Wacht tot ik bij het scheerschuimgedeelte ben,' zei Julia, terwijl ze op de binnenkant van Bobs voeten tikte.

Hij kreeg het bericht dat ze wilde dat hij zijn positie verbreedde.

Ze raapte zijn ballen op en harkte het scheermes ook door het gebied onder en achter zijn ballen.

Ze legde het scheermes opzij, nam de tijd om de stekker uit het stopcontact te halen en gooide het in haar tas voordat ze een scheermesje oppakte.

Hij voegde een beetje poeder toe, een beetje water en gebruikte een ouderwetse scheerkwast om een romig schuim te maken.

Met behulp van de borstel schilderde ze schuim rond zijn harde pik, door zijn ballen en ook tussen zijn benen.

Ze leunde achterover in haar stoel en keek hem bezorgd aan.

'Wat ik nu moet doen, zal je niet leuk vinden.'

"Waarom? Wat ga je doen?" vroeg hij, nu bezorgd.

"Nou, ik moet achter je lul scheren en je bent echt hard."

"Dan?"

"Dus ik wil dat je niet zo hard bent, zodat ik me daar kan scheren."

'Niet dat ik dat kan beheersen', zei hij.

'Ik weet het, maar het is belangrijk, dus je zult me moeten vertrouwen', zei hij. Bob deed het niet, hoewel hij zijn mannetje stond. 'Ik beloof je dat ik het goed met je zal maken.'

'Wat ga je het met me goedmaken?' Ik vraag.

Zonder verdere waarschuwing kneep Julia in de gevoelige bundel zenuwen net onder de kop van zijn lul, die plek op de lul van een man voor besnijdenis.

Ze kneep precies op die plek en hij kronkelde en verraste hem met een onmiddellijke schok van pijn die ongelofelijker was dan hij zich had kunnen voorstellen.

"God!" brulde hij terwijl hij zich terugtrok en haar aankeek alsof ze de meest kwaadaardige superschurk was.

Zijn opwinding verdween onmiddellijk en zijn eens zo trotse lul zonk weg.

'Ik had een sekstherapeut die me dat leerde', legde Julia uit aan Nancy, die even gekrenkt leek. "Hij zei dat het een goede manier was om een man te helpen die aan vroegtijdige zaadlozing lijdt. Je laat hem dicht bij een orgasme komen en dan knijpt je hem om de opwinding te verliezen."

'Dat doet ontzettend veel pijn,' zei Bob, nog steeds duizelig van een plotselinge schok van pijn en Julia niet meer vertrouwend.

'Ik weet het, schatje,' kirde Julia. 'Maar ik beloof het je goed te maken.'

"Hoe?"

'Kom hier terug en kijk,' zei ze, hem dichterbij trekken.

Met een scheermesje in de hand krabde ze behendig aan de stoppels die achter zijn gezwollen penis verborgen zouden zijn geweest, inclusief de paar haren die op zijn lid groeiden.

"Daar, nu kun je weer hard worden."

'Ik denk niet dat ik dat wil,' zei hij, nog steeds boos en achterdochtig.

"Nee, echt," zei ze, terwijl ze zijn pik streelde. 'Ik heb je nodig om hard te worden voor de rest. Het is gemakkelijker om je ballen te maken als je taai bent.'

Hoewel zijn hand goed aanvoelde over zijn lengte, was het niet genoeg om de richting van zijn erectie te veranderen.

Naakt zijn voor hen was al beschamend genoeg geweest, maar die onverwachte grote pijn had de betovering verbroken.

'Ik denk dat ik de rest thuis kan doen.'

'Doe niet zo,' zei Nancy, terwijl ze wegliep van de toonbank.

Ze sloeg een arm om zijn nek en bracht zijn gezicht dicht bij het hare voor een kus.

Terwijl hun kus bleef hangen, begonnen Julia's liefkozingen aantrekkelijker aan te voelen totdat Bobs lul weer op volle toeren draaide.

'Fuck, ik zie er graag stoer uit,' zei Nancy, terwijl ze een stap achteruit deed om tegen de toonbank te leunen.

'Bedankt,' zei Julia, terwijl ze er weer aan ging werken en haar onzinnige gebabbel hervatte. "Mijn vriend hield ook niet van dat deel. Hij moest er daarna altijd hard aan zuigen. Toen realiseerden we ons dat het hem die pijn van het laatste deel had kunnen besparen. Dus hij scheerde het overal waar hij moeilijk kon zijn, hij zoog het af, hij kwam, en toen kon ik hem daar weer scheren. "

'Dat had je me kunnen aandoen,' klaagde Bob.

'Behalve dat we seks zouden hebben,' zei Julia.

"Y?" Vroeg Bob, die niet wist waarom dat een probleem zou zijn.

Julia keek naar Nancy voordat ze onthulde:

'We wilden je gewoon naakt zien om je te scheren.'

"Werkelijk?" Vrocg Bob met een gespeeld gevoel.

'Oh, doe niet zo,' zei Nancy, terwijl ze aan haar drankje nippend.

Ze glimlachte naar hem en zag er al dronken uit.

"We zullen je ook zien masturberen als je wilt."

"Oh mijn god, dat zou zo heet zijn!" Julia stemde in en spoelde het scheermes uit voordat ze weer aan het werk ging. "Ik heb nog nooit een man dat zien doen, niet in het echte leven. Ik heb hem echter altijd al willen zien."

'Het is bloedheet als je dat ziet,' zei Nancy.

'Heb je het gezien? Ik ben al zo jaloers! Met wie heb je het gedaan? Was het Andy? Ik wed dat het cool was zoals je zegt. Het is zo verdomd mooi!'

Nancy's reactie verraste Bob:

'Het was met iemand die sexyer is dan Andy.'

"Hotter dan Andy?" Vroeg Julia ongelovig. Je noemde Nancy's laatste vriendje. 'Het had Jim niet kunnen zijn, want Andy is zoveel sexyer dan Jim. Begrijp me niet verkeerd, ik zou in een oogwenk ja zeggen, maar ik vind Andy zo veel schattiger.'

'Behalve dat Andy een bedriegende speler is,' merkte Nancy op, terwijl ze een lange slok van haar drankje nam.

'Ja, maar toch,' zei Julia, terwijl ze aan Bobs lichaam werkte alsof hij niets meer was dan een etalagepop. 'Ga je het uitmaken als hij terugkomt?'

'Waarom? Wil je met hem uitgaan?'

'Niet meteen achter jou aan, maar als hij op de markt blijft, weet ik het niet. Zou dat goed zijn?'

'Je mag neuken met wie je maar wilt,' kondigde Nancy aan terwijl het zuur uit haar woorden druppelde.

Julia was niet verrast door zijn toon.

Ze gooide de rest van haar drankje weg.

'Het spijt me. Ik zou het toch niet over hem moeten hebben?'

'Waarschijnlijk niet,' beaamde Bob. Hij had gezien hoe Nancy's stemming was gezonken. "Ben je bijna klaar?"

'Bijna,' zei Julia, ook tussen haar benen harkend.

Hij haalde een schone doek uit een la en gebruikte die als washandje, veegde de laatste stukjes scheerschuim van zijn lichaam voordat hij hem aan Nancy overhandigde.

'Daar! Wat denk je ervan?'

'Dat is prima,' zei Nancy, en ze veranderde haar droevige uitdrukking in een glimlach.

'Je zou het moeten voelen,' zei Julia, terwijl ze haar handen over en rond Bob's gezwollen erectie wreef. "Het is zooo zacht."

Nancy deed een stap naar voren om te tasten.

Bob's harde pik bonsde voor de aandacht van twee meisjes die hem aanraakten en aaien.

"Vind je het zo leuk?" Ze vroeg hem.

"Hoe kan ik het niet leuk vinden?" vroeg hij, te opgewonden om zich door haar aandacht te schamen.

'Het is nog aangenamer als je eraan zuigt,' stelde Julia voor.

'Ik geloof je maar,' antwoordde Nancy. 'Maar het is oké als je dat wilt.'

Julia keek verlangend naar Bob's harde pik terwijl ze hem aaide.

Ze likte haar lippen en dacht even dat ze het ging doen.

"Ik denk niet dat ik wilde stoppen met zuigen."

'Het wordt te laat,' zei Bob, bezorgd dat Julia als ze meer zou doen, zou kunnen leiden tot een verbintenis die ze niet wilde hebben. 'En ik moet Nancy nog naar huis brengen.'

Bob kleedde zich aan en ze namen afscheid van Julia.

HOOFDSTUK 11

Nancy sloeg haar arm om Bob heen ter ondersteuning terwijl hij haar naar de auto leidde.

'Je bent echt dronken,' zei ze grinnikend.

'Waarom moest je Andy noemen?' Klaagde Nancy.

'Ja, ik weet niet wat hij dacht,' zei Bob, terwijl hij de deur voor zijn vriend opendeed.

Nadat hij achter het stuur was gekropen, stak Nancy zijn hand uit en probeerde zijn broek los te knopen.

"Wauw, wat ben je aan het doen?"

'Ik wil hem weer zien,' zei Nancy, terwijl ze haar lippen tegen die van Bob drukte.

Hij vond het moeilijk om zijn kus en zijn drukke handen te weerstaan, maar hij vond de kracht.

"Ik moet rijden".

'Laat me het gewoon nog een keer voelen.'

'Laten we wachten tot we je thuis hebben, dan laat ik het je weer zien.'

"Jij belooft?"

'Ja,' zei hij, in de hoop dat alle alcohol die hij had gedronken de vergelijking zou veranderen als ze bij zijn appartement aankwamen.

HOOFDSTUK 12

'Ik zie je graag naakt,' zei Nancy terwijl ze reed.

Hij probeerde haar hand op zijn dijbeen te negeren, hoewel het intieme contact hem hard en behoeftig hield.

'En ik vind het sexy dat jij je ook uitkleedt voor Julia.'

'Niet dat ik een keus had', zei hij.

'Ugh, doe niet zo. Het is toch leuk om naakt te zijn?'

"Ik werd taai, nietwaar?" zei hij in plaats van zijn rol toe te geven door het op die manier te doen. 'We zijn toch gewoon vrienden?'

"Beste vrienden."

'Ook al heb je me naakt gezien?'

'Ik denk dat we daardoor beste vrienden zijn,' zei hij, terwijl hij zijn hand hoger op haar dij liet glijden tot de zijkant van zijn hand tegen haar kruis drukte.

'Ik vind echter niet dat we meer moeten kussen.'

"Waarom?" vroeg ze pruilend.

'Omdat ik daardoor meer wil doen dan we kunnen.'

'Ja, ik ook,' zei hij lachend. 'Je kussen maakt me nat.'

"Zie je?"

'Maar misschien vind ik het leuk om warm en ongemakkelijk te zijn,' zei ze, terwijl ze met haar hand over haar bobbel streek.

'Dat moet je voor je vriendje bewaren.'

'Behalve dat hij hier niet in de buurt is,' zei ze, terwijl ze haar hand wegtrok van zijn bobbel, maar die op haar been hield. 'Weet je, meisjes masturberen ook.'

"Ik weet."

"Dus dat is alles wat er gaat gebeuren. Je windt me op en dan masturbeer ik, waarom is dat zo belangrijk?"

'Ik weet het niet,' zei hij, terwijl hij probeerde dit gesprek voort te zetten met een dronken Nancy die raar begon te klinken.

'Ik wou dat je had gemasturbeerd in het bijzijn van Julia.'

"Waarom?"

'Omdat het zo heet zou zijn geweest,' zei Nancy, terwijl ze in haar been kneep zonder haar hand in de buurt van haar gevarenzone te bereiken. 'En ik weet dat het haar ook zou hebben opgewonden.'

"Oh, ik denk dat hij opgewonden genoeg raakte om te doen wat hij deed."

'Ja, hij trekt zich waarschijnlijk af en denkt nu aan je. Hoe voelt dat?'

'Raar,' zei Bob, zich realiserend dat hij waarschijnlijk gelijk had.

Toen hij voor zijn huis parkeerde, besefte hij dat hij niet moest blijven.

Je moet haar helpen om haar appartement binnen te komen en dan zo snel mogelijk weer weg te gaan.

Ze wachtte tot hij zijn deur opendeed.

Opnieuw sloeg ze haar arm om zijn middel en leunde tegen hem aan om hem te steunen.

Hij werkte aan het slot voor haar.

Ze trok hem naar binnen en begon hem te kussen.

'Wauw,' zei hij, en hij trok zich terug na hun eerste kus. 'Ik dacht dat we dat niet meer zouden doen.'

'Het spijt me', zei hij met een glimlach en een giechel die duidelijk maakte dat hij geen spijt voelde.

Ze begon aan de voorkant van haar broek te werken.

'Ga je je aftrekken voor mij?'

'Ik denk niet dat ik iets moet doen,' zei hij, terwijl ze haar handen weghaalde.

'Maar je hebt het beloofd,' drong ze aan, terwijl ze de ritssluiting losmaakte en aan zijn broek trok.

Zonder een reden om anders te zijn, was hij nog steeds moeilijk.

Bob besefte dat hij tot een akkoord moest komen voordat de zaken uit de hand liepen.

'Andy,' zei ze, een beetje een hekel aan zichzelf omdat ze zo de naam van haar vriend had uitgesproken.

"Andy is de reden waarom ik je niet naar mijn kamer sleep en je neuk."

Ze streek met haar lippen langs de zijne, tilde zijn hemd op en brak de kus om zijn hemd uit te trekken.

Ze deed een stap achteruit en bewonderde hem naakt, afgezien van de bolling van stof rond zijn enkels.

'Dat is waar ik het over heb.'

Nancy draaide zich om, liep naar haar bank en ging zitten.

Zijn hele gezicht lichtte op met een brede glimlach en er verscheen een betoverende glans in zijn ogen.

"Durf hier te komen en bij mij te komen zitten."

Bob voelde zich gek en trok zijn broek uit.

Zijn behoeftige lul bonsde.

Ze voelde de kamer op een manier die ze nog nooit eerder had gevoeld toen de lucht haar naakte vlees kuste, niet gewend om op deze plek te worden blootgesteld.

Hij had geen idee wat hij met zijn handen moest doen.

Hij ging naast haar zitten, strekte zijn benen uit, sloeg zijn enkels over elkaar en legde zijn handen op zijn hoofd.

Fuck it.

Als hij naakt en hard in het bijzijn van Nancy zou zijn, waarom zou hij zich dan verdoezelen?

'Ik denk dat je elke keer dat we samen zijn zo moet zijn,' zei Nancy kronkelend terwijl ze openlijk zijn naaktheid bewonderde.

Hij bewonderde haar ook, niet in staat om de dubbele punten die boven haar opdoemden of de hongerige blik in haar ogen uit het oog te verliezen.

'Wat zit daar voor mij in?' vroeg hij met een wrange glimlach.

"Is het oké als ik dit doe?" Vroeg hij, terwijl hij met zijn hand over haar platte buik ging totdat zijn vingers vlees raakten, meestal bedekt met schaamhaar.

Ze streelde voorzichtig zijn harde pik.

Zijn erectie bonsde en smeekte om de aandacht die zijn lichaam zocht.

'Ik ben heel dichtbij,' zei hij, iets aankondigend wat ze zeker wist.

'Doe me een belofte,' zei ze, terwijl ze zich voorover boog en haar lippen tegen de zijne streek. 'Beloof me dat onze vriendschap niet zal veranderen als er iets anders gebeurt.'

'Hangt ervan af,' zei hij, onzeker hoeveel meer zijn hart zou kunnen verdragen.

'Ik weet het niet,' zei ze, terwijl ze met haar vinger langs zijn harde pik streek en glimlachte terwijl ze hem zag springen. 'Ik weet dat je denkt dat ik echt dronken ben, en dat ben ik ook, maar ik word niet zo erg dronken als jij.'

'Ik weet het,' zei hij, nadat hij eerder bij haar was geweest, nadat ze te veel had gedronken.

Nancy werd altijd overdreven aanhankelijk als ze te veel dronk.

Ze was emotioneel dronken.

"Ik herinner me altijd wat ik de volgende dag deed."

'Dat gebeurde alleen die keer', zei hij met een diepe zucht.

Ze negeerde hem, streelde zijn erectie nog een keer met één vinger en sloeg uiteindelijk haar vinger om zijn roodpaarse kop van zijn pik. "Ik vind het heerlijk om je vriend te zijn".

'Ik vind het ook heerlijk om je vriend te zijn.'

'Ik weet het, maar hou je mond.' Hij slikte een hapering toen de rest van de alcohol die hij had ingenomen in zijn lichaam kwam. "Ik vind het heerlijk om je vriend te zijn en dat jij ook mijn vriend bent."

Ze leunde tegen zijn schouder.

Het voelde meer alsof ze tegen zijn schouder viel.

'En ik denk dat het oké is als ik je naakt zie.'

"Oké", gaf hij toe.

'En ik wil je de hele tijd zo zien, want je bent bloedheet.'

"Nee dat ben ik niet."

"Ja, dat ben je," hield ze vol, terwijl ze elk woord accentueerde door op zijn harde pik te tikken en die ferme toon te gebruiken die dronken mensen zo goed deden. "En ik wil pronken met al mijn vrienden."

'Uh-huh,' zei hij, in de verwachting dat ze zou overdrijven.

Ze liet een van haar handen zakken en legde die op zijn pik.

"Ik vind dat je nu moet masturberen."

"Waarom?"

'Omdat ik wil dat je het doet.'

Bob bekeek haar even.

Iets in zijn ogen zei dat hij meer aan zijn hoofd had.

"Y?" drong hij aan.

"En ik wil je proberen, behalve dat ik je niet kan pijpen omdat ik nog steeds een vriendje heb."

Ze liet zich langs zijn lichaam glijden en bewoog haar hoofd op zijn borst.

"Doe het," zei ze, terwijl ze haar hand om zijn pik hield en die voor hem bewoog.

"Werkelijk?" vroeg hij, terwijl hij zijn hand zachtjes onder haar hand op en neer bewoog.

"Alstublieft?" smeekte ze, trok zich terug en liet hem haar ogen zien. 'Ik wil je echt proeven.'

'Je bent geweldig,' zei hij, verrast en verbluft door haar idee.

'Gewoon doen,' zei ze, terwijl ze haar hoofd op haar buik legde.

Ze omhulde zijn zachte ballen en kuste zijn buik voordat ze haar oor tegen zijn buik drukte en met haar gezicht naar het hoofd van zijn harde, gezwollen lul keek.

Bob voelde zijn hoofd tollen van lust en verlangen.

Nancy wilde dit echt en het idee stuurde haar een elektrische lading.

Zijn gezwollen, pijnlijke pik klopte harder dan ooit in haar hand.

Hij voelde hoe haar kleine hand zijn pas geschoren zak met ballen aanraakte en streelde, en hij werd gek.

Hij herinnerde zich hoe ze de eerste keer het sperma van zijn buik had verwijderd en proefde het.

Die herinnering was genoeg om hem ervan te verzekeren dat alles in orde was.

Hij twijfelde er niet meer aan om niet te stoppen.

HOOFDSTUK 13

Hij was veel te lang gestreeld en betast en bereikte snel het punt waarop hij niet meer terug kon komen.

Hij kreunde toen de eerste krachtige straal uit zijn pik losbarstte, nog steeds recht op Nancy's mooie gezicht gericht.

"Ja!" schreeuwde hij, zijn ballen melken terwijl hij zijn harde pik sneller rukte. "Alles! Geef me alles!"

Bob kwam keer op keer met langzaam afnemende stoten totdat hij zich tevreden en uitgeput voelde.

Zijn pik bleef kloppen terwijl Nancy zijn maag likte.

Ze joeg achter elke druppel romige melk aan die niet in haar mond of op haar gezicht was gespetterd.

"Shit!" lachte ze, ging rechtop zitten en hij zag de rotzooi waarmee hij haar wangen en neus had besproeid.

Hij was van voorhoofd tot kin op zijn gezicht gekomen.

Hij haalde zijn vingers door de sappigste stukjes, likte onmiddellijk aan zijn vinger voordat hij terugging voor meer.

'Ik voel me net een pornoster,' zei ze, nog steeds lachend terwijl ze hem naar achteren duwde zodat ze kon opstaan. "Ga nergens naartoe".

Ze rende haar badkamer in en verscheen even later.

Zijn gezicht zag er nat en schoon uit.

Ze glimlachte terwijl ze weer ging zitten.

"Dat was zo heet als de hel!"

"Dat was gek," zei hij, terwijl hij een laatste druppel bespioneerde die zich aan de kop van zijn lul vastklampte.

Hij raapte het op en gaf het te eten.

'Ben je altijd zo geweest?'

"Ik ben altijd heel mondeling geweest", zei hij met een brede glimlach.

'Ik ook,' bood hij aan zonder een bepaalde reden.

'God, ik hoop dat je er goed in bent. Andy kon mijn clit niet vinden met een wegenkaart, een gps en zes neonreclames die naar hem wezen.'

'Ik denk dat het goed met me gaat,' zei hij, omdat hij niet als een opschepper wilde klinken.

'Ik ben erg geil', zei ze, terwijl ze zich tegen hem aan nestelde en een hand tussen zijn benen legde.

'Ik moet gaan,' bood hij aan, haar dat als een hint geven dat ze wat tijd voor zichzelf zou willen hebben.

'Nee, ik vind dat je moet blijven,' zei ze, terwijl ze haar hoofd tegen het zijne bracht en hem diep kuste.

Hij kuste haar terug, verlangend naar meer dan hij ooit had gewild.

Hij voelde haar kronkelen.

Ze brak hun kus en knoopte haar broek los.

'Dat ben je omdat ik dit moet doen.'

Ze kleedde zich niet uit, maar er was geen twijfel over wat ze deed toen ze in haar slipje stak.

Bob kuste haar, terwijl hij zijn handen voor zichzelf hield terwijl zijn hart en geest racete terwijl hij wist wat ze aan het doen was.

Hij voelde zijn passie net zo snel stijgen als de hare.

Ze kronkelde en kreunde diep in zijn mond.

Hij voelde haar lichaam even gespannen voordat ze huiverde van haar orgasme, wegtrok en naar adem snakte naar adem.

'Dat was geweldig,' zei hij, terwijl hij haar vasthield tot ze kalmeerde. "Voel je je beter?"

'Veel beter,' zuchtte hij, terwijl hij zijn hand uit zijn broek haalde.

Zijn vingers glinsterden van haar vocht.

Zonder te vragen legde hij zijn hand om haar pols en leidde haar naar haar lippen.

Hij zoog op haar vingers en genoot van haar smaak terwijl ze met haar andere hand naar zijn schoot reikte.

"Je bent weer moeilijk."

'Ik vraag me af waarom', zei hij.

Ze liet haar hand om zijn harde pik glijden en streelde hem verschillende keren voordat ze haar hand over zijn dij liet glijden.

'Zijn we nog steeds gewoon vrienden?'

'Ik weet het niet, toch?'

'Dat is wat ik wil dat we zijn', zei ze, terwijl ze haar hoofd op zijn schouder legde.

Ze liet haar hand weer dicht bij zijn pik glijden.

"Ik wil dat wij het soort vrienden zijn waar dit oké is."

'Dus vrienden met voordelen?'

"God nee, ik haat die zin."

'Dus vertel me wat je wilt en dat is het soort vriend dat we zullen zijn.'

'Misschien kun je mijn beste vriend naakt zijn?' vroeg ze, met een vermoeide, slaperige glimlach naar hem. "Mijn beste naakte vriend die mij ook wel eens kust."

'En hij masturbeert voor je neus?'

"Ik vind het leuk als je dat doet," zei hij, terwijl hij in zijn pik kneep. 'Dus ja, mijn naakte beste vriend die me soms kust en me laat zien hoe hij zich aftrekt. Dat is het soort beste vriend dat ik wil.'

'Ik denk dat je nog steeds dronken bent', stelde ze voor, terwijl ze haar voorhoofd kuste. 'Wil je hulp bij het naar bed gaan?'

'Ik wil niet naar bed. Ik wil hier zo blijven', zei hij, terwijl hij dichterbij kwam liggen.

Bob hield haar in zijn armen totdat ze in slaap viel voordat hij voorzichtig onder haar vandaan kroop.

Hij bedekte haar met een deken, kleedde zich aan en vertrok heel stil.

Toen hij thuiskwam, kon hij het niet laten om zich nog een keer af te trekken.

Het voelen van haar geschoren lichaamsdelen was een nieuwe en zeer interessante sensatie, hoewel haar orgasme niet zo vreugdevol was als de eerste van de nacht.

Hij schreef het toe aan het feit dat het te laat was en hij was moe, dus ging hij naar bed.

HOOFDSTUK 14

Hij werd wakker, kleedde zich uit om te douchen en besloot na het douchen zo te blijven.

Daar scheren voelde leuker bij blootstelling aan lucht.

Omdat hij die dag niets te doen had, begon hij videogames te spelen.

Soms begon hij hard te worden door de opwinding van het naakt in zijn huis zitten.

Het deed hem niks.

Het was ook leuker om naakt te zijn als het moeilijk was.

***

Het was zondag bijna twaalf uur voordat Nancy belde.

"Wat doe je?"

'Naakt videogames spelen,' zei hij, terwijl hij zijn spel pauzeerde.

'Als dat waar is, ben ik onderweg.'

Bob negeerde haar opmerking.

'Hoe voel je je? Je was gisteravond behoorlijk dronken.'

'Het gaat goed. Ik was teleurgesteld toen ik wakker werd in een leeg huis.'

Omdat ze niet wist wat ze nog meer moest zeggen, bedekte ze zichzelf en zei niets meer dan:

"Nou, weet je."

'Wat? Je hebt de nacht al bij mij doorgebracht.'

'Ik weet het, maar ik was niet te dronken om te rijden,' merkte hij op.

'Ja, maar hoe moet ik zeker weten of je mijn beste naakte vriend bent als je er' s ochtends niet bent? '

Bob lachte om haar opmerkelijke vermogen om een totale herinnering vast te houden, zelfs na een nacht vol verknoeid te zijn geweest.

'Gelukkig neem ik woorden met dronken meisjes een beetje voorzichtig op.'

"Ahhh, dus betekent dat dat als ik daar vandaag ga, je je niet voor mij uitkleden?"

"Meen je het?"

"Waarom niet?" vroeg ze, vrolijk klinkend als altijd. 'Je doet alsof het mij niets is.'

'Eigenlijk denk ik dat ik het vooral voor jou doe,' corrigeerde Bob lachend.

'Daar heb ik geen probleem mee. Is het verkeerd dat ik verliefd ben geworden op mijn beste vriend?'

'Waarom nu? Ik ben al jaren bij je.'

'Behalve dat ik een magere blondine ben en jij altijd uitgaat met mollige brunettes.'

Bob nam niet de moeite om het uit te leggen.

"Julia is een magere blondine en ze wil je ook graag weer naakt zien", zei ze.

"Oh alsjeblieft nee," kreunde hij. 'Ik denk dat mijn hoofd zou exploderen als ik naar zijn constante gebabbel moest luisteren.'

'Ja, zo wordt hij nadat hij een paar drankjes heeft gedronken. Hij heeft me vanmorgen een sms gestuurd en naar jou gevraagd.'

"Y?"

'En dan? Ik heb hem gezegd dat ik niet wist of je iemand zag. Ik vertelde hem ook dat ik op weg naar huis flauw viel.'

'Weet jij iets over Andy?' vroeg hij, terwijl hij zijn controller optilde terwijl hij de telefoon onder zijn kin hield.

'Meestal belt hij' s avonds, 'zei hij met een diepe zucht. 'Het voelt niet leuk om met hem te praten als ik weet dat hij me bedroog. Wat moet ik zeggen?'

"Ik weet het niet."

'En ik wil niet uit elkaar gaan aan de telefoon, want dat is eigenlijk rotzooi, vooral omdat hij zo weer thuis is.'

'Nadat je het uitmaakt, moeten jij en ik op een echte date gaan kijken wat er gebeurt.'

'Ik weet al wat er gaat gebeuren', zei hij. "We gaan uit, hebben een geweldige tijd, gaan terug naar je huis en neuken als een gek."

'Klinkt tot nu toe goed', zei hij, terwijl hij voelde dat zijn erectie op het idee reageerde.

'En dan morgenochtend zullen we allebei zo bang zijn door wat we hebben gedaan dat we het nooit meer zullen doen.'

"Ik geloof dat alles precies zal gebeuren zoals je zei, behalve het volgende dagdeel. Ik geloof dat we in elkaars armen zullen ontwaken, onze eeuwige liefde voor elkaar zullen belijden en onmiddellijk plannen zullen maken om erachter te komen of we zullen intrekken in elkaars armen. uw huis of de mijne samen ".

'Nou de jouwe', zei Nancy. 'Jij hebt een huis en ik woon nog steeds in een appartement.'

"Mijn versie heeft een gelukkiger einde."

'Behalve dat ik denk dat vrienden niet moeten neuken, want dat lukt nooit. Herinner je je Kevin nog?' Het duurde even voordat Bob de naam in het verleden van Nancy had gezet. "Hij en ik begonnen als vrienden, daarna werden we een tijdje vriendjes, maar het lukte niet. Hij wilde vrienden worden met rechten, maar ik wilde niet, dus we zijn ook geen vrienden meer."

'Je hebt me naakt gezien en we zijn nog steeds vrienden', merkte Bob op.

'Ja, en ik wil jou ook nog steeds naakt zien. Mag ik gaan?'

'Als je dat doet, kleed ik me aan.'

"Ahhh, doe niet zo!"

'Kom op Nancy, we weten allebei dat we met vuur spelen. Waarom denk je dat ik zo hard om je heen word?'

"Waarom heb ik het warm?" vroeg ze lachend terwijl ze het zei.

'Denk je dat ik het me nooit gerealiseerd heb?' Er was iets aan naakt zijn aan de telefoon met Nancy en wetende dat ze hem naakt had gezien, dat gaf Bob de kracht om ook zijn ziel bloot te leggen. 'Dit weekend is niet de eerste keer dat ik hard tegen je ben geweest.'

Wat Nancy antwoordde, schrok hem echter.

'En dit weekend is niet de eerste keer dat ik het doe als ik aan je denk.'

"Wacht, zei je net: 'Ik zal het doen'?" Vroeg hij, precies begreep wat ze bedoelde met die woorden.

'Ja. Jongens pellen het eraf en meisjes pellen het eraf. Dus ja, je bent een paar keer een gastrol voor me geweest. Is dat verkeerd?'

'Nee,' zei hij, terwijl hij in zijn erectie kneep en zich snel uitbreidde tussen haar dijen. 'Is het verkeerd dat ik dat maar moeilijk hoor?'

'Je bent een idioot,' lachte hij. 'Ik heb het vandaag al een keer gedaan. Zeg me dat je naakt en hard bent en dat ik het opnieuw zal moeten doen.'

"Werkelijk?" vroeg hij, haar verzoek negerend. "Hoe vaak doe je het?"

"Hoe vaak doe je het?"

'Ik denk dat het anders is voor mannen,' zei hij met een rood gevoel.

'Ik heb het gisteren drie keer gedaan,' kondigde Nancy aan alsof het niets was. "Een keer toen ik wakker werd en dat was voor jou. Toen deed ik het opnieuw voordat ik gisteravond vertrok, wat misschien wel of niet voor jou was, en toen nog een keer met jou gisteravond. Wacht, het was laat, dus Ik denk dat dat betekent dat ik het vandaag al twee keer heb gedaan "

'Ik heb het weer gedaan toen ik thuiskwam', bekende hij.

'Heb je het vandaag al gedaan?'

'Nog niet,' zei hij, hoewel hij het gevoel had dat hij dat snel zou doen.

'Mag ik je het zien doen?'

Bob zweeg lange tijd terwijl hij worstelde met zijn antwoord.

Als hij "ja" zou zeggen, waar zou dit dan eindigen? Maar als hij "nee" zei, zou ze dat dan als een belediging beschouwen?

Nancy vulde de lege ruimte die ze achterliet met een eigen suggestie:

'Ik vind dat je' ja 'moet zeggen, want dat zou bewijzen dat we dat kunnen zonder dat het iets betekent.'

"Oh, dus moet ik je elke keer uitnodigen als ik zin heb om me af te trekken, zodat je het kunt zien?"

'Daar ben ik het mee eens. Ik bedoel, ik zou je naar me laten kijken, maar het is niet ons ding.'

'Kunnen we er ons ding van maken?'

'Ik denk niet dat het een goed idee is,' zei Nancy zonder uitleg. 'Wat als ik beloof dat ik je niet zal proberen aan te raken? Maakt dat het beter of slechter?'

'Een beetje van beide,' zei hij, terwijl hij nonchalant over zijn erectie streelde en zich afvroeg hoe dat een probleem zou kunnen worden.

'Zou het beter zijn als ik ook een vriend meebracht om te kijken?'

'Zeg alsjeblieft niet Julia.'

'Nee, het hoeft Julia niet te zijn,' fluisterde hij. 'Iedereen wil misschien kijken. En ik heb ook andere vrienden. Misschien moet ik er een meenemen die je niet kent, zou je die leuk vinden?'

"Weet je wat echt gek is?" Ik vraag. 'Ik begin dit heel moeilijk te horen.'

Nancy lachte en het klonk als zoete muziek.

'Zal ik je vertellen dat ik nat word door het te zeggen?'

'Alleen als je wilt dat ik nog harder word.'

'Speel je echt naakt videogames?'

"Ik heb het spel in pauze."

'Maar je bent toch echt naakt?'

'Dat ben ik al sinds vanmorgen. Geschoren worden voelt beter als ik naakt ben.'

'God, het was zo sexy om te zien hoe Julia je dat aandeed.'

"Werkelijk?" Vroeg hij verbaasd.

"Ja. Ik denk omdat ik het wilde doen en ik wist dat ik het niet kon, dus ik moest haar het laten doen. Ik weet het niet. Of misschien omdat je heel stoer was en ik er graag stoer uitzie."

'Ik ben nu hard,' spinde hij, een beetje een idioot omdat hij het op spinnende toon zei.

"Houd het zo."

"Waarom?"

'Gewoon omdat,' drong ze aan.

"Waar ben jij?" vroeg hij, terwijl hij opmerkte hoe het geluid op de achtergrond veranderde.

"Waar denk je dat ik ben?"

'Ik dacht dat je thuis was,' zei hij net toen hij zachtjes op zijn voordeur hoorde kloppen.

HOOFDSTUK 15

Hij hoefde niet uit het raam aan de voorkant te kijken om te weten wat zijn auto op zijn oprit zou zien.

Alleen Nancy klopte zo op haar deur, een klop die een terugkeer naar de middelbare school teweegbracht toen ze de gastheer was van de percussiesectie van de schoolband.

Naakt en stoer als de hel, verbrak Bob het telefoontje en liep naar de voordeur.

Hij nam ook niet de moeite om in het kijkgaatje te kijken.

Ze deed de deur wijd open en glimlachte naar haar vriendin die haar telefoon nog steeds dicht bij haar oor hield.

'Hallo,' zei ze terwijl ze binnenkwam.

Hij wierp een blik op de televisie, alsof hij zeker wilde weten dat hij videogames had gespeeld.

Hij had niet gelogen.

Zijn spel stond op pauze.

"Wat was je nu aan het doen?"

'Nou, ik denk dat ik dit aan het doen was,' zei hij, en hij keerde terug naar zijn bank waar hij zat en pakte zijn gamecontroller.

"Echt waar?" vroeg ze, terwijl ze naast hem zat en over haar schouder naar zijn trotse, gezwollen lul keek. 'Ik dacht dat je met iets anders speelde.'

"Oh, je bedoelt dit oude ding?" vroeg hij terwijl hij met zijn erectie bonkte. 'Ja, daar had ik ook iets mee kunnen doen.'

Nancy knoopte haar spijkerbroek los en stak haar hand in haar broek.

"Heb je zin om dat nog wat meer te doen?"

'Ja,' hijgde hij, te opgewonden om verlegen te blijven.

Hij gooide zijn controller opzij en begon langzaam aan zijn harde pik te trekken terwijl hij haar hand in zijn broek zag bewegen.

'Weet je nog wat ik gisteravond heb gedaan?' zij vroeg.

Voordat hij kon reageren, boog ze zich voorover en legde haar wang op zijn buik.

In tegenstelling tot de avond ervoor bracht ze haar gezicht dicht bij het puntje van zijn pik en elke keer dat ze uitademde, voelde hij haar warme adem de kop van zijn pik strelen.

"Dit is jammer," mompelde ze, hoewel ze haar hand sneller bewoog, streelde en haar orgasme dichter bij de realiteit dwong.

'Doe het,' kreunde ze.

Hij voelde de ritmische bewegingen van haar arm terwijl ze zichzelf streelde.

"Oh fuck," kreunde hij, terwijl hij voelde dat zijn behoefte snel naderbij kwam.

"Ja!" siste ze en dat was genoeg voor hem.

Hij slaagde erin om nog een kreun los te laten voordat hij barstte van de sterren van plezier in zijn ogen.

Hij kwam hard, schoot en spoot zijn sperma omhoog, over haar buik en in de wachtende mond van haar beste vriendin.

Zoals de avond ervoor was gebeurd, kwam ze hard en schoot dikke, strakke strengen omhoog bij elke samentrekking van haar lichaam en het voelde heerlijk aan.

'Veel beter,' zei Nancy, ook een beetje buiten adem. "Er werd nauwelijks een jet gemist."

Hij ging rechtop zitten, veegde een stroom van zijn kin en glimlachte.

'Hoe zit het met jou? Ben je aangekomen?' vroeg hij, beschaamd dat hij zo gefocust was op zijn orgasme dat hij het zijne misschien had gemist.

"Oh ja," verzekerde ze hem, terwijl ze haar twee natte vingers voedde die bedekt waren met het vocht van haar lichaam.

"Fuck, ik wil je zo graag neuken."

"Hoe denk je dat ik me voel?" vroeg ze, hem een kusje geven en een veel grotere glimlach. "Waarom ga je niet terug naar je spel en dan zal ik kijken wat je hier in de buurt te eten hebt?"

'Niet veel,' zei hij, haar achterna de keuken in. 'Ik heb al een paar dagen niet meer in de supermarkt gewinkeld.'

'Speel wat rond en ik zal iets vinden,' zei hij, terwijl hij de koelkastdeur opende.

Hij leunde tegen de muur en keek haar even aan.

'En waag het niet om je aan te kleden,' zei ze, terwijl ze wat eieren, wat groenten en de laatste van haar melk tevoorschijn haalde.

'Ja mevrouw,' zei hij, zich ongemakkelijk voelde, maar vastbesloten haar regels te volgen.

HOOFDSTUK 16

Nancy maakte twee heerlijke tortilla's klaar met het overgebleven voedsel dat Bob in zijn koelkast had staan.

Zittend op zijn bank keken ze Netflix terwijl ze aten en hij bleef de hele tijd naakt.

Na het eten waste hij de afwas en zag hoe ze naar hem keek terwijl hij terugkeerde naar zijn woonkamer.

'Het is niet zo indrukwekkend als ik zacht ben, hè?' zei hij, terwijl hij de richting van haar blik ving.

'Eigenlijk vind ik het ook lekker zacht. Je hoeft niet altijd hard voor me te zijn als je naakt bent.'

"Wat als ik taai word?" vroeg hij, terwijl hij naast haar ging zitten.

'Nog beter,' zei hij met een glimlach.

Ze pakte zijn hand en hield die vast terwijl ze de rest van de film keken.

Af en toe keek Nancy tussen haar benen en glimlachte.

Na de film stond hij op en rekte zich uit.

Bob bewonderde zijn lenige lichaam terwijl hij door de knikken heen werkte die hij voelde.

"Dus ik denk dat ik naar huis ga en masturbeer voordat mijn vriend belt."

'Dat is heet,' zei Bob en hij voelde een tinteling tussen zijn benen.

Hij trok verstrooid aan zijn pik.

"Doe nou niet zo moeilijk, anders moet je me nog een show geven."

'Eigenlijk probeer ik het niet te doen,' gaf hij met een kleine glimlach toe.

"Fuck, laat me je een keer kussen voordat ik ga, oké?"

'Tuurlijk,' zei hij, in afwachting van een kleine afscheidskus.

In plaats daarvan sloeg ze haar armen om zijn nek en gaf hem een diepe, gevoelvolle kus.

Hij was weer half hard toen ze zich terugtrok.

'Het is goed om te weten dat mijn kussen dat voor je kunnen doen.'

'Je bent soms een echte trut,' zei hij met een brede glimlach, terwijl hij over zijn halfharde erectie wreef om er iets meer van te maken.

'Kijk uit,' zei ze, naar hem kijkend. 'Of ik moet blijven kijken.'

'Ga weg,' zei hij tegen haar, terwijl hij naar haar voordeur liep.

Hij verstopte zich achter de deur toen hij die opendeed.

"Veel plezier."

'Oh, dat zal ik doen,' zei ze, en ze gaf hem nog een kus voordat ze naar haar auto ging.

De gedachte dat Nancy naar huis zou gaan om zich af te trekken, gaf Bob genoeg reden om weer hard te worden, maar in plaats van er iets aan te doen, genoot hij van het gevoel naakt en hard te zijn.

In slaap vallen met een erectie voelde tegelijkertijd vreemd frustrerend en bevredigend aan.

Frustrerend, omdat hij hunkerde naar de opluchting die hij zichzelf ontkende.

Bevredigend, omdat hij wist waarom het moeilijk was.

Dit spel met Nancy had hem erg moeilijk gemaakt en als hij zijn toestand met haar deelde, zou ze het zeker waarderen.

HOOFDSTUK 17

Een nieuwe werkweek begon bij zijn vaste baan.

Bob kroop uit bed, ging aan het werk en gaf zijn baas ongeveer acht uur lang zijn volle aandacht.

Toen waren de middagen stil.

Hij en Nancy wisselden wat sms-berichten uit.

Hij haalde ook andere vrienden in.

Later op de avond vocht hij online met zijn vrienden in de virtuele wereld.

De grootste verandering in zijn leven was de hoeveelheid tijd die hij naakt thuis doorbracht.

Ze deed pas moeite met haar kleren als het tijd was om het huis te verlaten.

Maandag en dinsdag douchte hij na het joggen en was hij naakt.

De andere verandering was dat ze zich niet schuldig voelde als de gedachte aan Nancy bij haar opkwam terwijl ze masturbeerde.

Woensdagavond nodigden ze hem uit voor een "Labor Day" -borrel met Nancy, Any en Julia.

Tegen beter weten in sloot hij zich bij hen aan voor een biertje dat hij meer dan een uur kon drinken.

Hij was bang dat Julia gisterenavond de verkeerde indruk had gekregen.

Toen hij dezelfde bar binnenging als de vorige avond, kwam hij een soortgelijke scène tegen.

Julia en Any zaten samen terwijl Chris een ongelukkig ogende Nancy het hof maakte aan de bar.

Julia's gezicht klaarde op zodra ze Bob zag.

Shit, dacht hij, terwijl hij zich bij Any aan haar kant van het hokje wilde voegen.

"Was het iets dat ik zei?" Vroeg Julia, teleurgesteld dat hij tegenover haar zat.

'Nee. Het is gewoon die laatste keer dat je me aanviel met scherpe voorwerpen,' zei hij, in de hoop dat de grap zijn teleurstelling zou verlichten.

"Dus het is echt gebeurd!" Elke riep.

Julia keek verbaasd.

'Denk je dat hij het verzonnen heeft?'

"Nou nee, maar ik wist het niet," zei Any, terwijl hij probeerde weg te lopen. 'Heb je Nancy echt laten kijken?'

'Ik had niet veel andere opties,' zei hij, terwijl hij het enige bier bestelde dat hij die avond zou krijgen. 'En doe niet alsof je zo onschuldig bent.'

'Nou, we hadden een plan kunnen maken toen we in de badkamer waren,' zei Any glimlachend en nam een slokje van haar bier.

'Voor de duidelijkheid, er is niets gebeurd,' kondigde Julia aan.

'Ik zou iets noemen wat er met me was gebeurd,' zei Bob, terwijl hij glimlachte van beide vrouwen.

Hij realiseerde zich dat Any dronk en vroeg haar ernaar.

'Het is Nancy's beurt om de aangewezen chauffeur te zijn.'

Hij trok de aandacht van Nancy en zwaaide naar haar voor het geval ze zijn komst niet had opgemerkt.

'Moet een van ons haar van Chris redden?'

'Misschien,' zei Julia bezorgd. "Hij is echt sterker geworden door de 'Ik ben er voor jou'-routine."

'Is dat je telefoon?' Vroeg Bob, terwijl hij een telefoon bespioneerde die voor hem was neergelegd en die eruitzag als de zijne.

Ze knikten.

'Nu kom ik terug,' zei hij.

Hij liep de bar op, ging direct achter Nancy staan, groette de barman en bestelde drankjes voor Julia en Any.

Toen de ober zich omdraaide, deed hij alsof hij net had opgemerkt dat Nancy naast hem stond.

"Hey jij!" hij zei.

"Hey jij!" Zei Nancy terwijl ze zich omdraaide en naar hem keek.

Ze leek opgelucht hem te zien.

"Je kwam terug voor meer!"

'Nou, Julia en ik konden gisteravond prima met elkaar opschieten,' zei hij ten voordele van Chris.

'Ja, ze praat steeds over jou,' zei Nancy.

'Trouwens, ik denk dat je een paar sms'jes van Andy hebt gemist. Ze zeiden allemaal dat je telefoon in paniek raakte.'

'Dankjewel,' zei Nancy. 'We praten later wel,' zei hij tegen Chris en haastte zich naar de tafel, terwijl hij Bob op de ober liet wachten.

'Denk je dat je slim bent omdat je ze laatst mee naar huis hebt genomen?' Vroeg Chris.

'Nee, ik denk dat ik handig ben omdat ze allebei van me houden,' zei Bob, terwijl hij twintig op het aanrecht van de barman liet vallen en de twee drankjes ophaalde zonder op de verandering te wachten.

Bob kreeg drie keer "bedankt" toen hij terugkwam van de bar.

Elk van Any en Julia voor de drankjes en de derde van Nancy voor de reddingsmissie.

'Blijf aandringen om erachter te komen wat ik ga doen als Andy thuiskomt.'

'Natuurlijk,' zei Bob.

'Vanavond probeerde hij me ervan te overtuigen dat ik Andy op aids moest laten testen voordat ik weer met hem naar bed ging, weet je, voor het geval dat meisje niet schoon was.'

"Goh," zei Any, hoofdschuddend. 'Het is echt een zooitje, nietwaar?'

Alles ging goed totdat Julia Nancy aandrong voor haar beslissing en Nancy aarzelde voordat ze reageerde.

'Ik ga waarschijnlijk het uitmaken. Ik bedoel, dat is wat ik denk dat ik ga doen, maar ik moet tenminste naar hem luisteren, toch?'

'Hij heeft je bedrogen,' drong Julia aan. 'Je bent hem niets verschuldigd.'

'Het meisje zegt dat ze het goed wil doen,' merkte Any op, en hij voegde nog een noot toe aan het toch al erg droevige lied.

'Beter Andy dan Chris,' zei Julia. "Chris is een bal van opportunistische slobber."

De drie vrouwen praatten het grootste deel van het volgende uur over Andy en Chris, terwijl Bob stil was.

Hij werd betrapt toen hij eraan dacht dat Nancy eerder had geaarzeld.

Toen zijn bier bijna op was, nam Bob afscheid en liep naar de deur.

Hij was bijna op weg naar zijn auto toen hij de stem van Nancy achter zich hoorde.

Hij overwoog haar te negeren, deed alsof hij haar niet kon horen, maar kon het niet.

Langzaam draaide hij zich om.

'Waarom vertrek je zo snel?' vroeg ze, terwijl ze de parkeerplaats naar hem toe overstak.

'Je kent me, ik ben een lichtgewicht,' zei hij, een drankje imiterend. "Een en ik ben klaar."

"Ben je boos op mij?"

'Waarom zou hij boos zijn?'

'Ik weet het niet, maar je hebt de hele nacht nauwelijks iets gezegd.'

Hij haalde zijn schouders op.

Wat kon hij zeggen?

Dat hij wilde dat ze het uitmaakte met Andy, zodat ze uit konden gaan?

'Kom hier,' zei hij, terwijl hij haar dichterbij trok en zijn armen om haar heen sloeg. "Ik hou van je."

'En ik hou ook van jou,' zei ze terwijl ze hem omhelsde en heel verward klonk.

'En ik zal altijd je beste vriend zijn, wat er ook gebeurt, oké?'

"Mijn beste."

'Bel Andy vanavond. Zeg hem dat je weet dat hij met iemand anders is geweest. Laat hem ook weten wat voor vriend hij in Chris heeft.'

'Maar ik wil het niet met hem maken aan de telefoon.'

'Ik weet het en weet het niet. Zeg hem gewoon dat je het weet en bewaar de rest voor als hij thuiskomt.'

'Wat als hij het ontkent?' vroeg ze, verward door zijn advies.

'Dan weet je zeker wat voor gesprek je dit weekend met hem gaat voeren.'

"Wat als hij het toegeeft?"

'Dus ik weet het niet,' zei Bob. 'Het hangt ervan af of het een nacht was of niet.'

Nancy staarde hem lang aan voordat ze hem op zijn arm sloeg.

'Je geeft slecht advies.'

'Sorry', zei hij. 'Maar ik heb geen beter advies van je vrienden gehoord.'

'Ik hou van je,' zei ze, en ze sloeg hem weer in haar armen.

Deze keer omvatte zijn knuffel een kus.

Hoewel het een lange kus was, zat er geen tong in.

Het was niet dat soort kus.

"Ga naar huis en speel met jezelf voor mij."

'Tuurlijk,' zei hij, en hij glimlachte zonder zijn ogen.

Terwijl hij haar met gebogen hoofd zag weglopen, zag hij Chris het restaurant binnenlopen.

Chris was haar natuurlijk naar buiten gevolgd.

Fuck you, dacht Bob, terwijl hij in zijn auto stapte en de lange weg naar huis reed, in de hoop dat zijn hoofd helder zou zijn.

Het was niet zo.

Rond elf uur kreeg hij een sms van Nancy,
'Ik heb geprobeerd Andy te bellen. Hij nam niet op. Je kunt beter niet meer met dat probleem bezig zijn. Goedenacht.'
Door haar sms voelde Bob zich niet beter of slechter.
Hij schreef een single "OK" en ging naar bed.
De gezegende droom kwam snel en volledig.

HOOFDSTUK 18

Bob genoot van zijn routine op donderdag, met één uitzondering: zijn schaamhaar groeide terug en veroorzaakte een irriterend jeukend gevoel in zijn boxershort.

Hij wist dat hij twee opties had: zich weer scheren of vasthouden tot zijn haar weer aangroeide.

Hij wist niet zeker waar hij heen wilde.

Toen hij thuiskwam, was het al besloten.

In plaats van te rennen, stapte hij onder de douche en harkte zijn geslachtsdelen.

Na zijn douche zag hij dat hij een telefoontje van Nancy had gemist.

Toen hij haar belde, deed ze een vreemd verzoek:

'Wil je me vanavond bij jou thuis dronken krijgen?'

'Tuurlijk, meteen nadat je me hebt verteld waarom.'

'Ik wil niet,' zei hij en Bob wist het antwoord.

"Andy".

'Hij belde me gisteravond om één uur. Het was een dronken telefoontje, maar hij vertelde me alles. Hij vertelde me hoe hij een ander meisje had gezien, dat het een ongeluk was geweest en dat hij niet van haar hield.'

"Nou, dat is niet handig."

"Wat betekent dat?" Vroeg Nancy.

Bob zuchtte.

Het maakte niet uit.

Hij had het nooit gehad, maar hij zou toch de tijd nemen om het uit te leggen, want dat is wat vrienden voor vrienden doen.

"Hm, dezelfde avond dat Chris ons ziet kussen op de parkeerplaats is de avond dat hij dronken roept en zijn hart uitstort. Scheen je verbaasd dat je antwoordde?"

'Een beetje', bevestigde ze verward. "Maar het was te laat."

'Laat, maar thuis, laat genoeg om te weten of je een avondje uit was of niet.'

'Laat genoeg om echt dronken te zijn. Het was Dag van de Arbeid.'

'Nancy, ik keek naar je. Chris zag ons op de parkeerplaats, vertelde hem erover en maakte zich zorgen over het poesje dat thuis op hem wachtte.'

'Waarom heb je me dan over dat andere meisje verteld?'

'Chris heeft hem waarschijnlijk verteld dat je dacht dat er iets aan de hand was. Heb je Andy verteld wat voor vriend hij in Chris heeft?'

'Nadat hij had bekend, voelde dat niet belangrijk', legde hij uit. 'Hij vroeg naar jou, of we nog steeds beste vrienden waren.'

'Interessant', zei hij, terwijl hij haar de ruimte gaf om dingen in haar eigen tempo weer op te bouwen.

Bob wist dat Nancy sluw was en dat hij er wel uit zou komen.

'Wacht, suggereer je dat Chris Andy van streek probeert te maken? Dat slaat nergens op. Andy weet dat we gewoon vrienden zijn.'

'Ik weet het en jij weet het, maar snapt Chris het?'

Nancy zweeg terwijl ze Bob's gedachten verwerkte.

'Hij huilde', zei hij ten slotte. 'Andy deed het. Nadat hij me had verteld dat hij me bedroog.'

'En hij heeft je ook verteld hoeveel hij van je houdt.'

"Umm-hoe wist je dat?"

'Omdat ik een man ben', zei hij.

'Wil je met me dronken worden?' zij vroeg.

'Als ik dat doe, hoe kom je dan thuis?'

'Ik breng de nacht door bij jou thuis', merkte hij op. 'En is het oké als Any en Julia ook komen?'

'Mijn huis is jouw huis', zei hij.

Hij voelde zich slecht voor Nancy.

Ze verdiende beter dan een speler als Andy.

Als ze een avondje uit met vrienden nodig had om zichzelf van hem af te leiden, zou ze haar best doen.

Hij haalde een fles van de beste rum onder zijn aanrecht vandaan, wetende dat het zijn favoriet was.

Hij bestelde Chinees afhaalmaaltijden voor haar om onderweg op te halen.

HOOFDSTUK 19

Haar vrienden kwamen met een mix van tequila en margarita.

Tijdens het diner vertelde Nancy haar vrienden over het drama tussen Andy en Chris.

Het omvatte de mening van Bob dat Chris probeerde het gelukkige paar te scheiden.

'De fout van Chris is dat hij denkt dat Andy jaloers op me zou zijn,' merkte Bob op. 'Andy weet dat we gewoon vrienden zijn. Hij vindt onze vriendschap misschien niet leuk, maar ik ben geen bedreiging.'

"Waarom niet?" Vroeg Julia, te beginnen met haar tweede margarita. "Je bent schattig."

'We zijn gewoon vrienden,' drong Bob aan, terwijl hij diep nipte van zijn rum en cola.

Wat maakte het uit?

Hij ging nergens heen, dus hij kon net zo goed eerlijk zijn.

Hij hief zijn hoge glas en bracht een toast uit.

'Voor Nancy's laatste dag van vrijheid.'

Hij bracht een moment met hen door met zijn ogen op Nancy gericht om haar reactie te beoordelen.

Ze zag er onzeker uit, maar tenslotte hief ze ook haar glas op.

"Voor vrijheid!"

De schreeuw echode nog twee keer en iedereen dronk.

"Dus ik wil weten wat er nodig is om een show te krijgen," vroeg Any.

'Veel meer hiervan,' zei hij, terwijl hij nog een drankje voor zichzelf mixt.

Uit voorzichtige gewoonte mengde hij het lichtjes.

'Laat me je helpen,' zei Nancy, terwijl ze haar drankje met nog wat rum overgooide.

Hij keek haar woest aan.

"Wat?" Vroeg hij met een onschuldige glimlach. 'Misschien wil ik vanavond ook nog een show.'

'Het gaat niet gebeuren,' mompelde hij, terwijl hij nu veel harder aan het drankje nipte.

'We zullen zien,' zei Nancy.

Het kwartet ging voor Bob's televisie staan en begon YouTube-video's op te hangen.

Ze gebruikten hun telefoons om nieuwe video's aan de wachtrij toe te voegen, lachend en soms schreeuwend van verbazing wanneer een nieuwe video het waard was.

Naarmate ze meer dronken, werden de video's agressiever, net als de discussies over de video's.

"Mensen stoppen een maand met masturberen", beweerden de drie meisjes dat ze het nooit zouden kunnen.

"Toen je voor het eerst wist dat een vrouw kon masturberen," liet ze hen haar persoonlijke ontdekkingsverhalen vertellen.

"Oké, iemand pauzeert de video's, ik moet plassen," kondigde Julia aan, een halve stap wankelend toen ze opstond van de bank.

'Er wordt iemand dronken,' merkte Bob haar lachend op.

'Ja, nou ja, en je moet meer drinken,' zei Nancy tegen hem. Ze pakte haar glas en nam het mee naar de keuken.

Ze gaf hem een drankje terug dat meer naar rum smaakte dan naar rum en cola.

"Drink het allemaal."

'Ja, omdat ik mijn show wil,' zei Any, terwijl hij opstond om een wandeling in de badkamer te maken.

Na in de gang woorden met Any te hebben uitgewisseld, ging Julia naar de keuken en kwam terug met vier shots tequila.

"We maken foto's!" kondigde ze aan terwijl ze ze allemaal passeerde. 'En we blijven schieten tot Bobbie gek wordt.'

'Ik word niet gek,' zei Bob.

Hij nam nog een slokje van zijn drankje.

Verdomme, dat was sterk.

'Ik kan geen foto's maken,' wierp ze tegen toen ze terugkwam. 'Een van ons moet nuchter genoeg blijven om te kunnen rijden.'

'Dus Bob heeft er twee!' Julia stond erop en schoof het extra schot naar hem toe.

'Maar ik wil er niet eens een,' zei hij tegen Nancy en vroeg haar om hulp.

'Jammer,' zei ze, terwijl ze haar schot ophield. "Wees nu man, ga naar boven en drink."

Ze maakte het nog erger door haar glas te heffen en een toost uit te brengen:

"Voor het scheren van mannen!"

'Bitch,' mompelde Bob zo hard dat alleen zij het kon horen en drie van de vier namen de schoten.

Omdat hij geen fan was van tequila, volgde Bob zijn drankje met een klein slokje rum en cola.

De sterke drank deed weinig om het brandende gevoel diep in haar keel te verzachten.

'Nog één,' zei Nancy, terwijl ze het resterende schot omhooghield.

'Ik haat je,' zei hij tegen haar, wetende dat ze niet beledigd zou zijn.

Hij gooide het tweede drankje toe, nam nog een slokje van zijn rum en cola en beloofde zijn drankje af te maken met nog meer cola als hij terugkwam uit de badkamer.

Hij gebruikte de badkamer in zijn kamer en merkte dat hij zich aan de muur vasthield terwijl hij voor zijn toilet stond.

Verdomme, hij was meer dronken dan hij van plan was.

Op weg terug naar de woonkamer vergat hij zijn belofte om zijn drankje af te maken met nog meer cola en vond Any op zijn plaats zitten.

'Je moet hier gaan zitten,' kondigde Julia aan, terwijl ze de lege ruimte tussen haar en Nancy op de bank streelde.

Toen Bob langs Julia liep, keek hij Nancy sceptisch aan.

Ze overdreef de onschuldige blik die ze hem aankeek.

'Ik ga niet naakt worden voor jou en je vrienden', zei hij tegen haar.

'Als je hard genoeg wordt, zal je het doen,' zei ze, pakte haar te sterke drankje op en overhandigde het hem.

Werkte met de controller en hervatte de videowachtrij.

De eerste was:

"Masturbation: Men vs. Women", waar een vrouw die veel op Any leek, haar vriend vertelt dat ze te laat is omdat ze aan het masturberen was.

Bob nam een slokje van zijn drankje en probeerde kalm te blijven, zelfs nadat Nancy haar hand op zijn knie had gelegd.

"Elk probleem?"

'Helemaal niet,' zei hij net voordat hij een grotere borrel nam dan hij nodig had.

Hij duwde zijn drankje buiten handbereik.

Hij dronk genoeg en aan de manier waarop Nancy haar hand langzaam langs de binnenkant van zijn been liet glijden, kon hij raden dat zij dat ook was.

"Je hebt geen vriendje?"

Ze negeerde zijn opmerking.

'Dus ik vertelde Julia hoe goed je zoenen kunt en nu is ze heel nieuwsgierig.'

'Ze weet het al,' zei hij tegen Nancy, geïrriteerd dat ze hem zo gemakkelijk duwde.

"Wow echt?" Elke vraag van haar vorige plek op de bank, de enige plek om alleen in haar woonkamer te zitten. 'Ga je de kans voorbij laten gaan om Julia gratis te kussen?'

"Ja, fuck you!" Zei Julia, die met de voeten op de grond veranderde van een oorlogvoerende dronkaard in plaats van een sympathieke, overdreven gelukkige. 'Wat is er mis met me te kussen? Ik heb geen slechte adem of zo.'

Nancy boog zich voorover en fluisterde in zijn oor:

"Wees voorzichtig, sprinkhaan."

Nog steeds in staat om snel na te denken, probeerde Bob zijn bezwaar beter te laten draaien door de mooie blondine te confronteren.

'Als we kussen, wil ik dat het een echte kus is,' legde hij uit. 'Niet dat het een show is voor je vrienden.'

"Ahhh, ben jij niet het liefste ding ter wereld?" schreeuwde ze, terwijl ze haar hand op de zijkant van zijn gezicht legde en hem verontschuldigend en medelevend aankeek.

Bob dacht dat hij het verzoek met succes had ontweken totdat ze voorover leunde en haar lippen op de zijne drukte.

In het begin kuste Bob haar niet terug.

Hij nam haar lippen op dezelfde manier tegen de zijne als een kus op haar wang, maar dat was niet goed genoeg voor Julia.

Ze stopte pas toen hij haar begon te kussen.

Toch was dat niet genoeg voor haar.

Ze liet haar hand achter zijn hoofd glijden, hield zijn gezicht tegen het hare en drong aan op meer.

Omdat hij het gevoel had dat hij geen andere keus had, gehoorzaamde Bob totdat hun tongen elkaar ontmoetten in een felle en extreem intense strijd om de macht tussen hen.

Julia deed een stap achteruit om aan te kondigen:

"Shit, dit is goed!"

Toen drukte hij zijn lippen op de hare en eiste meer.

Bob was te dronken om zich zorgen te maken en kuste hem terug.

Was er een manier om Julia te kussen waar Nancy jaloers op zou zijn?

Ze deed haar charme aan en wijdde zich aan het moment met haar ogen dicht, het ging goed totdat ze de hand van Nancy op haar dij voelde rusten.

Bob kreunde toen Nancy de voorkant van zijn broek probeerde los te knopen.

Hij probeerde Julia's arm weg te trekken om Nancy tegen te houden, maar Julia stond het niet toe.

Zodra ze zijn arm voelde bewegen, greep ze hem bij de elleboog en dwong hem zijn arm om haar heen te houden.

Zijn andere arm zat klem tussen de rugleuning van de bank en zijn lichaam, het was nutteloos om Nancy tegen te houden.

"Is het moeilijk?" hij hoorde Any vragen.

"Oh ja," lachte Nancy, terwijl ze tegen Bob's rug drukte en zijn nek streelde terwijl hij haar vriendin bleef kussen. 'Zo sterk dat ik denk dat je het ons moet laten zien.'

Opnieuw kreunde Bob zijn bezwaar.

Zodra hij dat deed, kreunde Julia weer in zijn mond, alsof ze uit hartstocht had gekreund in plaats van uit paniek.

'Rustig maar,' fluisterde Nancy in zijn oor.

Zijn adem voelde warm aan tegen haar nek.

"We willen het echt zien en wie weet wat er zal gebeuren als je het ons laat zien?"

Bob bleef Julia kussen, niet wetend wat hij moest doen.

'Je weet dat je dit wilt,' snikte Nancy, terwijl ze aan de rits op haar spijkerbroek trok.

Toen hij Julia's hand langs zijn platte buik voelde glijden, gaf hij het op en ging met haar mee.

HOOFDSTUK 20

Julia stak haar hand in de tailleband van zijn boxershort en streelde zijn erectie voordat ze zijn kus verbrak, zodat ze kon zien waar hij haar aanraakte.

'Wat zacht,' zei hij met een dronken gil in zijn stem.

Toen Nancy aan haar broek begon te trekken, tilde Bob zijn kont van de bank.

Nancy deed ook zijn boxershort uit.

'Wat zou Andy ervan vinden?' Elke gevraagd.

'Fuck it,' zei ze.

"Andy of Bob?" Iemand vroeg er met een wellustig lachje naar toen Julia Bobs shirt over haar hoofd trok.

Sneller dan hij gewild had, merkte Bob dat hij naakt en hard op zijn bank zat tussen twee prachtige blondines terwijl de brunette Any angstig tussen zijn benen keek.

"Vloek."

"Ik weet het," zei Nancy, terwijl hij op zijn harde pik sloeg. 'Ze is mooi, toch?'

"Ik kan aanraken?" Vroeg Julia, haar al op zoek voordat Bob gretig kon knikken.

Waarom laat ze haar niet aanraken?

Ik hoopte dat tenminste één van deze meisjes veel meer wilde doen dan hem daar alleen maar aanraken.

Julia streelde zijn erectie en vermeed opzettelijk het deel waar ze zijn aanraking het liefst wilde voelen.

Hij concentreerde zich op het zachte, blote vlees rond zijn gezwollen, pijnlijke lid.

"Dat voelt echt sexy."

"Is het niet zo?" Zei Nancy, haar ook aaien. "Hou ervan."

'Nou, hij ziet er bloedheet uit, zei Any vanuit haar stoel. "Het laat hem eruit zien als een pornoster."

'Voel het, drong Julia aan.

'Ik kan het niet. Ik heb een vriendje, weet je nog?'

'Ook Nancy en zij raakt hem aan.'

'Het telt niet als je zijn pik niet aanraakt, zei Nancy, terwijl ze Bob aanduwde om op te staan. 'Ga je gang. Laat haar voor zichzelf voelen.'

Langzaam begonnen Bob's knieën te trillen.

Was het de alcohol of naakt zijn voor de drie vrouwen die zijn knieën hadden verzwakt?

Ik was niet zeker.

Misschien een combinatie van beide.

Voorzichtig liep hij om Julia heen totdat hij voor Any stond.

Zijn pik bonkte.

Hij wilde niet dat zijn pik klopte, behalve dat hij opgewonden was en dat was wat opgewonden pikken deden.

"Ooohh, ben je zo blij me te zien?" Elke vraag, lachend.

Heel voorzichtig streek hij met een hand langs haar buik, langs haar bekken, en werkte langzaam dichterbij totdat hij delen van haar anatomie raakte die eerder bedekt waren met schaamhaar.

"Verdomme, dat voelt goed, nietwaar?" Ze keek hem aan en vroeg: "Vind je het leuk?"

"Ja."

'Heeft Nancy Julia dit zien doen of heeft ze ook geholpen?' Elke gevraagd.

'Ze keek alleen maar', zei hij. 'Mag ik me nu aankleden?'

'Nee, ik denk dat je zo moet blijven, zei Nancy, terwijl ze haar kleren pakte en ze achter zich duwde.

"Ah kom op," klaagde hij, en hij begon zich ongemakkelijk te voelen. "Jullie hadden je show al."

'Echt niet, Bobbie, zei Nancy met een speelse glimlach. 'Nu je naakt bent, moet je zo blijven.'

'Ik vind het leuk,' zei Any tegen hem, terwijl hij hem op zijn kont klopte. 'Ik vind dat jij ook zo moet blijven.'

'Het is zo verdomd sexy,' zei Julia tegen Nancy alsof Bob er niet was. "Ik hou van zijn spieren."

'Weet je dat ik je goed kan horen?' Vroeg Bob terwijl hij langs haar heen liep om weer te gaan zitten.

Misschien zou hij zich niet zo naakt voelen als hij ging zitten en zijn benen over elkaar sloeg of zoiets.

Met de twee meisjes die aan weerszijden van hem zaten, deden zijn benen elkaar kruisen niets om zijn pik voor zijn zicht te verbergen.

Bob gaf op, strekte zijn lange benen uit, sloeg zijn voeten bij de enkels over elkaar en legde zijn handen op zijn hoofd.

Gesplitst.

Als hij het niet kon verbergen, zou hij ermee kunnen pronken.

'Zou je het erg vinden om nog een drankje voor me te mixen?' Vroeg Nancy, terwijl ze hem een bijna leeg glas overhandigde.

'Ik vind dat je de mijne moet drinken,' stelde hij voor.

'De jouwe is meestal rum. Ik wou dat de mijne dichter bij de helft en de helft was,' zei hij.

'Dan moet je het waarschijnlijk zelf doen,' zei Bob, die niet keihard en naakt voor de drie meisjes wilde paraderen.

"Alstublieft?" koer ze grijnzend.

Opnieuw stopte Bob met proberen te argumenteren.

Hij nam zijn glas in ontvangst, stond op en ging de keuken in, negerend het gevoel van drie paar ogen die hem naakt rond zagen lopen.

"Jammer dat er geen porno op YouTube staat", zei Any vanuit de woonkamer. 'Het is misschien leuk om te zien wat er gebeurt als hij te opgewonden raakt.'

"Hmm, ik denk dat ik dat kan oplossen," stelde Nancy voor, terwijl ze haar gamecontroller pakte en een consolebrowservenster opende.

'Hallo', riep ze hem. "Wat voor soort porno kijk je graag?"

"Ik kijk geen porno," loog hij, terwijl hij zijn volle glas terug naar haar bracht.

Volgens zijn instructies had hij het half en half gemengd.

'Shit,' zei Nancy, op weg naar een pornosite.

Gelukkig voor hem koos ze er een uit waarvan ze geen bladwijzer had gemaakt.

"Waar zijn we voor, dames?"

'Kijk of je een video van Gang-Bang kunt vinden, ik kijk er graag naar,' gilde Julia zonder te beseffen wat ze over zichzelf had onthuld.

'Bizar,' zei Nancy, terwijl ze door de menu's klikte alsof ze volledig begreep hoe de gratis pornosite werkte.

'Misschien zijn groepen een betere optie. Bob zou het leuk vinden om enkele naakte vrouwen te zien.'

Ze klikte op een willekeurige video van een groepsfestival.

'Ik vind het goed,' zei Julia terwijl Bob weer langs haar heen gleed.

Ze wachtte tot hij ging zitten voordat ze aankondigde:

'Ik vind dat je meer moet drinken. Wil je ook de tequila?'

'Ik heb geen drankjes nodig,' zei hij, ongeïnteresseerd om een tweede keer te paraderen.

"Alstublieft?" vroeg ze, hem smekend op dezelfde manier als Nancy had gedaan.

Bob zuchtte, stond op en voelde de blikken van de drie vrouwen op zijn lichaam alsof het dokters waren.

Hij kwam terug met de fles en realiseerde zich dat ook zij op hem wachtte om de glazen weer bij te vullen.

Hij vulde er drie.

'Op naakte mannen en hun erecties,' stelde Nancy als toost voor.

Bob duwde het toch door zijn keel, onmiddellijk gevolgd door een klein slokje rum en cola.

Hij had zijn limiet overschreden.

Hij was officieel dronken.

HOOFDSTUK 21

'Bob, wil je lieverd zijn en mijn cola opfrissen?' Iedereen vroeg het met een grote wellustige glimlach terwijl ze haar glas vasthield terwijl ze recht naar zijn harde pik keek.

'Ja, mevrouw,' zei hij tegen haar. 'Wil je dat ik ook een theezakje doe?'

"Wacht, wat betekent dat?" Vroeg hij, terwijl hij de kamer rondkeek om hulp.

'Daar steekt een man zijn ballen in je mond,' legde Julia uit.

'Hij kan zijn ballen niet in mijn mond stoppen,' zei Any verbaasd. "Ik heb een vriendje!"

'Nee, maar hij zou wel een theezakje in je glas kunnen doen, bedoelde hij.' Zei Julia, met een verrassend begrip van de jargonterm.

'Bekijk het op deze manier, ik zou tenminste geen schaamhaar in je drankje stoppen,' voegde Nancy eraan toe, te veel lachend om de discussie.

'Je drankje,' zei Bob, terwijl hij terugkwam met zijn glas vol. "Geen theezakjes."

'Je zou een theezakje bij mijn drankje kunnen doen als je wilt,' zei Julia, terwijl ze hem haar bijna volle margarita met zijn volkomen zoute rand overhandigde.

"Doe het!" Ze moedigden haar allemaal aan, alsof ze had gedronken. "Ik daag je uit!"

'En dan drink ik het op,' zei Julia, terwijl ze haar glas over de salontafel naar hem toe schoof.

'Ja, en ik wed dat ze je ballen ook zal likken,' stelde Nancy voor.

Bob schudde zijn hoofd naar het trio meisjes dat hem aanstaarde.

'Ik ben te dronken om te weten of hij een grapje maakt of niet.'

'Ik ook,' zei Julia.

"Oh, doe het gewoon," voegde Any toe, en aangezien zij de enige nuchtere in de groep was, accepteerde Bob dat als bewijs dat hij dat zou moeten doen.

Hij liep om zijn koffietafel heen, langs Any, die recht naar zijn harde pik staarde alsof het het meest fascinerende was dat ze ooit had gezien.

Hij stopte toen hij bij de hoek van de bank kwam.

'Theezakje,' zei ze, terwijl ze met haar handen op haar heupen stond.

'Wacht, ik moet dit documenteren,' zei Nancy en ze pakte haar mobiele telefoon.

'Ik doe het alleen als jij het ook doet!' Zei Julia.

"Tuurlijk," beaamde Nancy, terwijl ze haar telefoon omhoog hield en knikte dat ze verder konden gaan.

Bob verstijfde nog meer dan voorheen.

Hij hield zijn lichaam stil terwijl zijn harde, trotse lul ook in de belangstelling stond.

Hij keek toe terwijl Julia haar glas optilde en het koude glas tegen haar dijen drukte totdat haar bungelende ballen in haar margarita vielen.

'Dat is echt koud', zei hij tegen de kou.

'Ik denk dat er wat zout om je heen is gevallen,' zei Julia lachend.

Ze maakte een show door een slokje van haar glas te nemen nadat haar theezakje haar drankje had neergezet en vervolgens beide handen op haar heupen legde.

Ze trok hem voor zich uit en begon de balzak te likken, kussen en zuigen terwijl zijn harde pik gretig tegen haar voorhoofd bonkte.

'Heb je het nog steeds koud?' vroeg ze terwijl ze zich terugtrok en hem aankeek.

"Nee, niet in het minst," zei hij terwijl zijn pik waarderend bonkte.

'Oké, nu ben jij aan de beurt,' zei ze tegen Nancy, terwijl ze Bob naar haar toe duwde.

Toen deed Nancy, zelfs dronken, iets heel slims.

'Oké,' zei hij, terwijl hij zijn telefoon aan Julia overhandigde en ervoor zorgde dat de beschuldigde foto's alleen op zijn telefoon bleven.

'Zorg er gewoon voor dat je het in de liggende modus houdt, oké?'

'Heel slim,' zei hij en keek haar met een brede glimlach aan.

'En sexy', zei ze lachend.

Ze hield haar glas tegen zijn ballen en bewoog het op en neer tot haar hangende tas vochtig was en afgekoeld met haar drankje voordat ze een snelle slok nam.

Met een mix van rum en cola die uit de delen van haar man drupte, drukte Nancy haar gezicht tegen zijn kruis en baadde gretig zijn ballen met haar tong.

'In zekere zin denk ik niet dat Andy het zou goedkeuren,' zei Any.

'Waarschijnlijk niet,' zei Nancy. 'Dus ik denk dat het oké is als ik dit ook doe.'

Ze likte zijn pik totdat hij zijn gezwollen hoofd bereikte en trok hem helemaal in haar mond.

Ze bewoog haar hoofd verschillende keren op en neer zijn lange, harde pik terwijl haar vrienden haar aanmoedigden.

Ten slotte trok ze zich terug, glimlachte naar hem en zei:

'Zie je wel? Ik zei toch dat het leuk zou zijn om naakt te zijn.'

'Behalve dat je ermee bent gestopt,' klaagde hij.

'Ben ik gestopt of heb ik gewoon mijn deel gedaan om je op te warmen?' Vroeg hij met een ondeugende glimlach.

Ze nam nog een slokje van haar drankje en knipoogde naar hem.

"Ga nu zitten en kijk samen met ons naar porno."

'Waarom martelen ze me zo?' vroeg hij, terwijl hij rechtop ging zitten en worstelde met hoe opgewonden hij zich voelde.

'Ah, arme Bob,' zei Any, maar toen lachte ze en vernietigde ze elk gevoel van mededogen dat ze bood. 'Naakt en hard in het bijzijn van drie meisjes die de show waarderen. Wat moet je eraan doen?'

"Hey Julia?" Vroeg Nancy, terwijl ze langs Bob heen keek naar haar vriend aan de andere kant van de bank. 'Heb je ooit een jongen zien masturberen?'

'Nooit in het echte leven,' meldde hij, meer naar zijn mannelijkheid kijkend dan naar televisie.

Toen de suggestie achter Nancy's vraag in haar met tequila doordrenkte brein doordrong, keek ze naar hem op.

"Zou je dat kunnen doen?"

'Als we hem genoeg opgewonden maken, wed ik dat hij dat zal doen,' zei Nancy, die voor hem instond.

"Zet hem aan hoe?" vroeg ze, terwijl ze zachtjes de lengte van zijn harde pik streelde. "Jij vindt dit leuk?"

"Wacht, mag ik dit zien?" Elke gevraagd.

'Waarom niet? Je doet niets,' stelde Julia voor.

"Ik denk dat het niet anders is dan porno kijken," veronderstelde Any, terwijl ze haar benen over elkaar sloeg en zich omdraaide in haar overvolle stoel voor een beter zicht op de show.

In de war probeerde Bob erachter te komen wat hij moest doen.

Moest hij masturberen?

Zo ja, waarom streelde Julia hem dan?

En waarom keek Nancy zo naar hem?

Die laatste reactie werd duidelijk toen Nancy haar hand achter Bob's hoofd legde en hem naar zich toe trok.

'Overmorgen zou ik dit waarschijnlijk niet meer moeten doen. Maar tot dan ...'

Zodra hun lippen elkaar ontmoetten, gingen hun lippen uiteen en kusten ze zo diep en hartstochtelijk als ze maar konden zonder dat een publiek toekeek.

Bob kronkelde onder Julia's hand en besefte dat ze een andere vrouw was die hem aanraakte en niet om hem gaf.

Niets was belangrijker voor hem dan Nancy kussen en haar opwinding bij elke hartslag voelen groeien.

"Nu wel," zei Nancy, terwijl ze zich terugtrok en Bob's hand op zijn pik legde. "Laat ons zien."

'Ik kan dit niet,' zei hij, zelfs toen zijn hand op en neer begon te bewegen over zijn lid.

'We willen dat je het doet,' snorde Nancy, terwijl ze met haar vingers door haar korte haar streek. "En je bent erg moeilijk."

'Ze hebben me zo neergezet.'

"Laat het me zien dan. Laat het ons allemaal zien. "

'Dit is belachelijk,' zei hij terwijl hij dronken zijn hoofd omdraaide, niet in staat te begrijpen of wat hij deed goed of fout was.

"Nee, het is sexy als de hel," corrigeerde Any vanaf waar ze zat.

'Doe het,' coachte Nancy, terwijl ze voorzichtig zijn geschoren ballen beetpakte.

"Fuck, dit is heet," spinde Julia, terwijl ze naar hem toe bewoog.

Hij wierp een blik op de mooie blondine en greep haar met een hand tussen haar dijen.

'Kus me,' zei hij tegen haar en dat deed ze.

Zijn kussen waren niet zo lief als die van Nancy, maar ze waren gretig.

Hij sloeg met de hare op zijn tong en genoot van haar kleine gekreun, en hoe ze kronkelde van dezelfde behoefte die hij voelde.

'Je gaat me laten komen,' waarschuwde hij.

'Doe het,' zeiden Julia en Nancy tegelijkertijd.

Beide vrouwen hingen aan zijn schouders en keken hoe hij aan zijn harde, gezwollen pik trok, trok en werkte om hem met pijn en nood los te laten.

Net als de eerste keer dat hij Nancy een show had gegeven, kwam hij met zo'n kracht dat hij sperma zo hoog als haar tepels spoot.

"Mijn God!" Iedereen juichte toen Julia wegreed alsof ze in de vuurlinie zat.

'Vooruit,' zei Nancy, terwijl ze zijn blote ballen pakte, hem melkte en hem aanmoedigde om al zijn opgekropte frustraties los te laten.

En stroom na roomwit stroom van haar ejaculatie spoot tegen hem aan van borst tot navel en verder totdat hij uitgeput was.

Hij huiverde, voelde zich tevreden en schaamde zich voor zichzelf.

"Dat was zo heet!" Julia kreunde en klonk alsof ook zij een orgasme had gehad.

Ze kuste zijn wang en draaide haar hoofd naar zijn schouder, terwijl ze keek hoe Nancy een vinger door haar sperma over haar borst en buik streek.

"Doe het opnieuw."

'Eh, nee,' zei Any verbaasd. 'Ik denk dat het tijd is om te gaan.'

'Maar het wordt interessant', pruilde Julia.

'Nee, het loopt uit de hand als we niet weggaan,' drong Any aan, terwijl ze opstond en haar tas oppakte.

'Als je blijft, wed ik dat we hem kunnen dwingen het nog een keer te doen,' zei Nancy, terwijl ze haar met melk bedekte vinger in haar mond propte alsof ze een ijsje nipte.

"Nee, serieus, het wordt al laat," drong Any aan, nog steeds starend naar Bob's lul. 'En als ik hem zo zie, wil ik dingen doen waarvan ik weet dat ik ze niet kan.'

HOOFDSTUK 22

Toen Julia vroeg of ze mocht blijven, wisselden ze een blik tussen Nancy en Any die Bob belangrijk vond.

Als hij niet zo dronken en een beetje suf was van zijn orgasme, wist hij zeker dat hij de betekenis achter die veelbetekenende blik zou hebben begrepen.

In plaats daarvan was hij ook verrast toen Nancy opstond en zei:

'Alles heeft gelijk. Het is bijna middernacht.'

Julia, die er verward uitzag, stond ook op.

Ze leunde voorover voor haar tas en viel bijna.

"Wauw," zei ze lachend en accepteerde Any's knuffel.

'Hoe zit het met jou, Nancy? Hoe ga je naar huis?'

'Ik ga hier de nacht doorbrengen,' zei Nancy, terwijl ze hen naar de deur leidde. 'In de logeerkamer.'

"Uh-huh," zei Any met een veelbetekenende glimlach.

'Ik zweer het,' drong Nancy aan, terwijl ze bij de open deur bleef staan tot ze zeker wist dat haar vrienden weg waren.

Hij draaide zich om, leunde tegen de gesloten deur en glimlachte naar Bob.

'Je bent zojuist de meest sexy man geworden die ik ooit heb ontmoet.'

'Dankjewel,' zei hij, terwijl hij naar zijn kleren keek.

Je moet jezelf echt opruimen voordat je je weer aankleedt.

'Waag het niet,' zei Nancy. 'Je mag je niet kleden.'

Hij keek haar aan, nog steeds in de war en wenste dat hij niet zo dronken was.

'Komen ze terug?'

'Nee,' zei hij, en hij liet eindelijk de deurknop los. 'Wij zijn het maar. Ik zal je helpen met opruimen als je wilt.'

'Oké,' zei hij, nog steeds met een gevoel van domheid, terwijl ze borrelglaasjes pakte en naar de keuken droeg.

Langzaam besefte hij wat voor reinheid ze bedoelde.

'Is het oké als ik snel ga douchen?'

"Zolang je maar naakt blijft."

"Waarom niet?" vroeg hij, wat als een grap bedoeld was. 'Ik zou mijn kleren niet nat willen maken.'

'Mm, ik denk niet dat je je daar zorgen over hoeft te maken terwijl ik hier ben,' zei hij, terwijl hij haar een snelle kus op de wang gaf voordat hij de rest van de bril pakte.

Bob voelde zich schuldig over de schoonmaak die Nancy voor hem deed.

Haar douche duurde net zo lang als nodig was om het sperma van haar lichaam te spoelen.

Het water dat op zijn gezicht spatte, kalmeerde hem ook een beetje.

Nog steeds naakt vond hij Nancy in de keuken die glazen afwast en haar vaatwasser laadde.

Ze droogde haar handen af, klom in zijn armen en kuste hem diep.

"Waar was dat voor?" vroeg hij, zich afvragend of hij een tweede douche nodig had om hem nog meer nuchter te maken.

'Omdat je de beste vriendin bent die een meisje zich kan wensen, en ik hou van je.'

'Ik hou ook van jou,' zei hij, en hij weigerde geobsedeerd te raken door zijn woordkeuze.

Nancy was toch ook dronken?

Ze leidde hem terug naar de bank waar zijn drankje nog op zijn salontafel stond.

Hij realiseerde zich dat zijn drankje bijna vol was.

'Drinkt u al zo lang als ik?'

'Waarschijnlijk niet,' zei hij en nam een slokje van zijn glas. 'Er zijn meer dan een paar shots tequila voor nodig om me neer te halen.' Zonder te vragen nestelde ze zich dicht tegen hem aan, gaf hem nog een kus en tastte tussen zijn benen. 'Denk je dat je haar vanavond weer hard kunt maken?'

'Waarschijnlijk,' zei ze, terwijl ze de noodzakelijke veranderingen tussen haar benen al voelde gebeuren.

Hij hield van de manier waarop haar handje op zijn pik voelde.

"Goed, want ik wil het niet alleen doen," zei ze, hem weer zoenen en ze bleven zoenen totdat hij helemaal hard was. "Hoe dronken ben je?"

"Waarom?"

'Omdat je grappig bent als je dronken bent.'

Ze gaf hem haar drankje en knikte dat hij een slokje moest nemen.

'Meer,' drong ze aan.

Ze nam een diepere slok van het half en half mengsel dat hij voor haar had gemaakt.

Ze streelde zijn erectie.

"Is het oké als ik dit blijf doen?"

Hij knikte met zijn hoofd. "

Oké, neem nu nog een drankje. "

'Als ik meer drink, val ik flauw', waarschuwde hij voordat hij zijn instructies opvolgde.

Hij probeerde haar het glas terug te geven.

Ze accepteerde het, maar in plaats van het op te drinken, legde ze het weer op tafel.

"Ik weet dat ik echt stom word als ik dronken word," zei hij.

Het voelde alsof haar tong te dik was voor haar mond, te dik of te lui om elk woord uit te spreken.

'Ik weet het, en de volgende ochtend herinner je je meestal niet veel.'

'Sommige dingen,' hield hij vol, hoewel het gemakkelijker was om te aanvaarden wat ze zei als waar.

'Maar niet alles,' zei hij met een glimlach.

Ze kuste hem weer en dat vond hij leuk.

Hij hield van de manier waarop hij haar kuste.

"Het voelt leuk om naakt en hard om je heen te zijn."

"Waarom?"

'Omdat ik weet dat je nog steeds een vriend hebt, en ik ben het niet.'

'Wil je mijn vriendje zijn?'

Toen Bob knikte, voelde het alsof de hele kamer het met hem eens was.

Hij hield zijn hoofd heel stil.

Te veel beweging was op dit moment geen goed idee.

"Jij bent zo mooi."

'En je bent echt dronken,' zei ze, hem uitlachend.

'Je hebt me zo neergezet. En je hebt mij ook uitgekleed. Dat is een grappig woord, nietwaar? Naakt. Ik vind het leuk om naakt voor je te zijn.'

'Herinner je je de eerste keer dat je gek werd in mijn bijzijn?'

"Uh-huh," zei hij. 'Vorige week toen we dingen deden die we niet zouden moeten doen.'

"Dat was niet de eerste keer," zei hij, nog steeds wrijvend over zijn harde pik.

Hij boog zich voorover en kuste opnieuw.

'Herinner je je je werkfeestje twee jaar geleden niet meer? Degene die ik je mee naar huis moest nemen omdat je te dronken was.'

'Toen zei je dat iedereen met wie ik uitga een bril draagt.'

'Ja, je was die avond echt dronken. Wat herinner je je nog meer?'

'Ik wilde pannenkoeken,' zei hij, zeker dat het de waarheid was.

'Ik moest je bijna naar je kamer brengen.'

"Je bent echt sterk."

'Nadat ik je naar bed had gebracht, heb ik je geholpen met uitkleden, weet je nog?'

'Nee,' zei hij, zeker dat hij zich zou herinneren dat ze hem knuffelde.

'Toen ik je broek uittrok, heb ik per ongeluk ook je ondergoed uitgetrokken.'

'Slecht,' zei hij lijzig.

'Ik zweer het, het was een ongeluk', drong Nancy aan.

Bob maakte geen ruzie met haar.

Ruzie vereiste te veel focus.

"Maar ik zag je naakt en ik vond het echt leuk."

'Ik vind het leuk om voor jou naakt te zijn,' zei hij.

Ze lachte.

'Je vond het leuk dat ik je naakt kon zien en je wilde hard voor me worden.'

'Nee,' zei hij, zich geen wereld kunnen voorstellen waarin hij zich voor Nancy zou uitkleden en verharden.

'En je werd hard,' zei ze, hem een kus geven. "Heel moeilijk." Ze gaf hem nog een kus voordat ze vroeg: 'En weet je nog wat er daarna gebeurde?'

Schudde zijn hoofd.

'Ik liet mijn mond op haar zakken.'

"Je hebt het gedaan?" vroeg hij, verrast en opgewonden bij het idee dat Nancy hem zou pijpen.

"Ja, ik heb je tot het einde gezogen en je hebt het nooit meer herinnerd."

'Dat klopt niet,' zei hij, terwijl hij zijn erectie tussen haar benen vond en eraan trok. "Soms stel ik me voor dat je dat doet als ik masturbeer."

'Ik ga het nu doen,' zei hij. 'Maar je kunt het nooit aan iemand vertellen.'

"Geen Andy!"

'Uh-huh, niet Andy of Julia of wie dan ook of wie dan ook.'

'Ik denk dat Julia me leuk vindt.'

"Ik denk dat Julia een gekke hoer is die veel verschillende mannen neukt als ze dronken wordt."

"Ja!" Bob stemde in zonder enige basis, maar als Nancy zei dat het waar was, was het dat ook. 'Maar dat ben je niet. Je neukt nooit met je vrienden.'

'Soms wel,' zei hij. "Zoals vanavond."

Ze kuste zijn lippen voordat hij iets kon bedenken.

Toen kuste ze zijn borst en buik en Bob vond het heel goed dat hij naakt was omdat hij niet wilde dat hij stopte.

En Nancy niet.

HOOFDSTUK 23

Ze gleed voor hem op de grond, tussen zijn gespreide knieën en bracht een moment door met het bewonderen van zijn stijve lul en het zachte vlees dat hem omringde.

Ze wiegde zijn pik in haar handen alsof het net zo dierbaar voor haar was als voor hem.

"Toen we afgelopen weekend aan het spelen waren, kon ik alleen maar denken aan het moment dat ik je een pijpbeurt gaf en je te dronken was om het je te herinneren. Ik heb het je bijna verteld, maar ik kon het niet."

Ze verving zijn handen door haar mond, trok hem diep tussen haar lippen en werkte langzaam weer omhoog.

"Dit is iets wat ik graag doe."

Ze herhaalde de beweging.

"Ik hou van het gevoel van een lange, harde pik in mijn mond."

Nog langzamer herhaalde hij de beweging nog een keer.

"Het is mijn favoriete soort porno om naar te kijken als ik masturbeer en het is ook mijn favoriete seksuele activiteit."

Ze sloeg zijn pik om zich heen en bewoog haar hoofd verschillende keren snel achter elkaar op en neer voordat ze weer stopte om de essentie van zijn mannelijkheid te bewonderen.

"Dat voelt zo goed," gromde Bob, ervan overtuigd dat hij sliep en droomde, want gewoon midden in een intense droom zijn, zou kunnen verklaren hoe hij zich voelde.

'Voel dit,' zei ze voordat ze haar mond weer om hem heen sloeg.

Ze hield hem in haar mond, plaatste haar tong tegen de onderkant van zijn lid en hield hem lange tijd in haar warme, natte mond voordat ze zich terugtrok.

'Ik voelde elke slag die je erectie maakte. Het is alsof ik je hart kan voelen kloppen.'

'Je maakt me zo hard,' zei hij, niet in staat om elegantere woorden te vinden om zijn daden te eren.

'En hoe ben je geschoren, ik kan dit,' zei hij, weer over zijn ballen strelend.

Hij trok voorzichtig elk balletje in zijn mond en streelde het met zijn tong voordat hij het losliet.

"Ik kan het alleen doen als de man zich scheert, want al dat haar ziet er vies uit."

"Ik ben geschoren."

'Ik weet het,' zei ze, glimlachend naar hem voordat ze hem verkende en met hem speelde.

Soms als ze kusten, voelde Bob zich verloren in het moment.

Hij kon niet zeggen of hun lippen een seconde of uren op elkaar waren gedrukt nadat hij klaar was.

Dat is hoe haar pijpbeurt ook voelde.

Heb je uren op je knieën gezeten of gewoon momenten?

Hij wist het niet zeker.

Soms wist hij dat ze hem plaagde, hem opzettelijk zo dicht bij een orgasme wakker maakte dat hij voorvocht lekte.

Daarna zou ze zich ergens anders concentreren totdat hij voldoende kalmeerde om weer te spelen.

Keer op keer plaagde ze hem tot de rand van een orgasme voordat ze zich terugtrok.

'Het doet pijn,' zei hij, terwijl hij worstelde om uit te leggen hoe opgewonden hij zich voelde.

Zijn natte, glinsterende lul worstelde voor de bevrijding die ze hem ontkende.

'Ik kan niet geloven dat ik je niet heb gezogen in het bijzijn van Any en Julia,' zei ze, terwijl ze opstond en haar broek uittrok.

Verbijsterd staarde hij naar haar terwijl hij zich uit haar broek en slipje bewoog.

Hij zag haar kutje en merkte hoe ze net zo geschoren was als hij.

Hij probeerde haar te pakken, maar ze duwde haar handen weg. "Alstublieft?"

'Nee,' zei ze, terwijl ze haar vingers tussen de blote plooien van haar kutje stak. "Je kunt niet aanraken, maar ik wil ook komen. Ik wil naar je kijken en een orgasme krijgen, oké?"

'Oké,' zei hij, terwijl hij wilde dat ze hem nog wat zoog.

Ik was zo hard en behoeftig.

Zou hij het zo achterlaten?

Hij voelde zijn lul bonzen en zag nog een druppel voorvocht uit de spleet in zijn lul sijpelen en voelde het als een druppel warm water over zijn lengte lopen.

Nancy lag voor hem op haar knieën.

Haar ogen waren gefocust op zijn harde pik terwijl ze haar kutje wreef.

Ik kon de natte geluiden van zijn vingers horen die haar clitoris werkten.

Hij wenste dat hij haar het kon zien doen.

Hij wou dat hij kon helpen.

Hij wou dat hij het voor haar kon doen.

'Kom niet,' zei hij, terwijl hij met zijn linkerhand zijn hand uitstak, zijn erectie vasthield en een cirkel rond de gevoelige plek wreef die werd gemarkeerd door zijn besnijdenislitteken.

Ze gebruikte zijn voorvocht als smeermiddel, waardoor ze hem voldoende aanwendde om meer te produceren.

'Zo dichtbij,' kreunde hij, niet in staat zich voor te stellen dat hij meer behoeftig zou zijn.

Nancy hapte naar adem, hield haar adem in en begon te kreunen.

"Ga je weg?" Ik vraag.

Ze knikte en bleef naar adem happen en kreunen terwijl haar orgasme door haar lichaam stroomde, zich vastklampte aan haar diepten en diep in haar rilde.

Terwijl haar lichaam nog steeds de bevrijding van vleselijke genoegens vierde, leunde ze voorover, nam zijn pik in haar mond en zoog erop.

Ze hief en liet haar hoofd in vastberaden bewegingen zakken terwijl haar tong de onderkant van zijn pik sloeg, hem behaagde en met hem speelde om haar eindelijk ook los te laten.

Op een bepaalde manier, in een andere wereld, voelde het alsof ze hem kuste, alleen kuste ze zijn pik, en het was te veel voor hem om weerstand te bieden.

Hij kwam en explodeerde diep in haar mond in een lange reeks pijnlijke stralen die misschien voorbij zijn borst waren gekomen als ze er niet was geweest om hem in haar mond op te sluiten.

"Ja!" schreeuwde ze, terwijl ze haar rug van de bank tilde en wankelde van de opwinding van haar orgasme.

Ze wiegde heen en weer terwijl haar maag zich op elkaar klemde, vastbesloten om het grootste orgasme dat ze ooit had meegemaakt uit de mond van haar beste vriendin te halen.

Eindelijk trok ze zich terug en liet zijn natte maar zeer schone pik achter.

Er was geen spoor meer van haar orgasme.

Glimlachend ging ze schrijlings op zijn schoot zitten en hij voelde de warmte van haar poesje dicht bij zijn pik.

De dronken idioot in hem hoopte dat ze nu ook gingen neuken.

In plaats daarvan drukte ze haar mond tegen de zijne en beloonde hem nog een kus.

Bob wilde iets romantisch tegen haar zeggen.

Hij wilde meer zeggen dan 'ik hou van je' omdat die woorden geen melding maakten van hun vriendschap.

'God, ik vind je echt leuk', zei hij.

'En ik vind je echt heel erg dronken,' zei ze, terwijl ze haar lippen meer tegen de zijne streek, zoals vrienden hem misschien kussen.

Ze sprong van zijn schoot en stak haar handen uit om hem van de bank te helpen.

"Ga nu naar bed en vergeet niet om 's ochtends voor me naakt te gaan."

"Ik beloof het," zei hij, terwijl hij zijn pik vasthield en zich afvroeg waarom het zo goed voelde.

Ze bedekte haar naaktheid, sloop op haar tenen haar kamer binnen, sloot de deur en klom in bed.

Het bed voelde goed aan.

Hij sliep, zonder te vermoeden dat zijn beste vriendin in de kamer naast de hare zichzelf nog twee orgasmes bezorgde voordat ook zij zich ontspannen genoeg voelde om te slapen.

HOOFDSTUK 24

Een dwalende zonnestraal op zijn gezicht herinnerde Bob eraan dat vampiers altijd gelijk hadden, zonlicht is dodelijk.

Hij deinsde terug voor de gloed en kreunde.

Haar tong voelde drassig aan toen ze zich afvroeg wie er een kat in haar kamer had gebracht om in haar mond te poepen.

Ze strompelde uit bed, zich vaag bewust van haar naaktheid terwijl ze voor haar badkamer stond.

Door de muur voor hem te gebruiken als steun, kwamen er stukjes terug van wat er de avond ervoor was gebeurd.

Hij herinnerde zich de badpauze die hij had genomen voordat hij zich uitkleedde.

Hij poetste zijn tanden voordat hij ging douchen en probeerde de aanhoudende geur van Chinees eten weg te jagen, gevolgd door rum, cola en tequila.

Hij probeerde de gebeurtenissen van de avond ervoor samen te stellen.

Het was min of meer duidelijk totdat hij naar de badkamer ging en vanaf dat moment werd het bewolkt.

Hij herinnerde zich dat hij met de drie meisjes porno had gekeken.

Nee, dat klopte niet.

Ze hadden samen YouTube-video's bekeken, echt pikant.

Diep in die mist verborgen was de herinnering aan het uitkleden voor hen.

Shit.

Hij douchte en was zich nog aan het scheren toen Nancy met een kop koffie bij de voordeur van zijn slaapkamer verscheen.

'Hoe voel je je, tijger?'

"Kater," gromde hij.

Hij veegde de scheerschuim van zijn bovenlip zodat hij de stemming kon inslikken die door de zwarte vloeistof in het koffiekopje werd veroorzaakt.

Een tiental pogingen later was hij klaar met scheren.

Nancy leunde de hele tijd tegen de deur.

'Ik zie graag een jongen die zich scheert.'

'Ik weet het,' zei hij, terwijl hij met zijn hand over haar blote delen streek.

Hoewel het een beetje ongemakkelijk voelde om naakt voor haar te zijn, kon het hem niet schelen.

Wat had hij dat ze niet had gezien?

Hij zag haar naar haar voorhoofd staren.

'Ben ik naakt geweest in het bijzijn van je vrienden?'

'Misschien een beetje naakt,' bevestigde hij terwijl hij de deur uit liep.

"Hoe naakt is een beetje naakt?" vroeg hij, haar achterna de woonkamer en keuken.

"Naakt genoeg dat we konden spelen met armbanden om je pik gooien."

"Oh god zeg alsjeblieft dat je een grapje maakt," zei ze, wanhopig haar hersens kwellend voor elke herinnering die ze zou kunnen hebben van haar vrienden die armbanden naar zijn harde pik gooiden.

Hij ging blanco, maar hij wist dat dat niets betekende.

'Rustig maar,' zei ze, terwijl ze hem en haar koffiekopjes vulde. "Het was leuk."

'Hebben we porno gekeken?'

'We hebben YouTube-video's bekeken', zei hij, wat overeenkwam met zijn geheugen.

"Hoe zit het met porno?"

'Er kan pornografie zijn geweest terwijl Julia je aan het pijpen was.'

Bob spuugde bijna toen hij zich verslikte.

'Je zou me nooit laten afzuigen door Julia.'

"Waarom?"

"Omdat ik weet hoe je over haar denkt. Hoe zei je dat een paar weken geleden?" Ze is een gekke hoer die na drie drankjes alles met een lul neukt. "Ik denk dat je het min of meer zo zei. dat is de essentie van wat je denkt. "

'Ja, dat is prima. Maar hij vond het leuk om je naakt te zien.'

"En hard?"

"Heel moeilijk."

"En ook?" vroeg hij, hoewel hij zich niet kon voorstellen naakt te zijn voor twee en niet voor drie.

'Ja, een ieder was degene die jou ook heeft afgezogen.'

'Genoeg,' kreunde hij. 'Ze heeft een vriendje, dus ik weet dat ze dat niet zou doen.'

"Oh, dus je zegt dat ik het gedaan heb?" Vroeg Nancy met opgetrokken wenkbrauwen.

'In mijn dromen wel,' antwoordde Bob, terwijl hij een vreemd gevoel van déja vu voelde toen hij die woorden uitsprak.

Was dat gebeurd?

Had hij gedroomd dat Nancy hem gisteravond had afgezogen?

Hij keek weg.

Toen ik op een seksuele manier aan haar dacht, voelde het gênanter om naakt voor haar te zijn.

Glimlachend liet ze haar ogen over hem glijden en stopte toen ze bij zijn middel kwam.

'Je lijkt dat idee leuk te vinden,' spinde hij.

Bob keek naar beneden, zag zijn pik dik en lang worden en stapte achter zijn ontbijtbar.

"Naakt zijn om je heen voelt raar."

'Het is leuker als je hard bent,' zei ze, teleurgesteld dat hij achter de toonbank was gaan staan.

Hij nam een slokje koffie, probeerde door de mist van gisteravond te kijken, maar werd nog steeds blanco.

'Kun je me iets vertellen over wat er is gebeurd?'

'Nou, ik heb misschien een paar foto's, zei hij, terwijl hij zijn telefoon opnam. 'Maar ik weet niet of je ze graag wilt zien.'

"Wat nu?" De zucht.

'Dat je het de volgende keer dat we elkaar ontmoeten opnieuw zult doen.'

"Wat nog een keer doen?"

'Nou, het theezakje in onze drankjes doen was leuk.'

'Dat heb ik NIET gedaan, kreunde hij, zeker dat hij zich zoiets buitensporigs zou herinneren.

Nancy streek met haar vinger over haar telefoon.

Hij kreunde weer:

'Waarom heb je me dat laten doen?'

'Ik had het misschien leuk gevonden, zei hij, en hij ging verder met de volgende video waarin zijn zak met ballen ook naakt in zijn drankje te zien was.

Ze hield hem tegen voordat hij liet zien dat ze hem aan het zuigen was.

'We hadden je dronken moeten maken.'

'Ik weet het, glimlachte hij en zette zijn telefoon uit. "En geloof me, ik vond het erg leuk om je te laten zien."

Zijn glimlach vervaagde toen hij de lastige vraag stelde:

'En hoe zit het met Andy?'

Hij nam een slokje koffie voordat hij onthulde:

'Andy is de reden dat ik gisteravond niet met je naar bed ben geweest.'

'Hoe dan ook, zelfs als het was gebeurd, zou hij het zich waarschijnlijk ook niet hebben herinnerd.'

Nancy glimlachte en kuste hem op de lippen.

'Je hebt me gisteravond beloofd dat we morgenochtend zouden gaan ontbijten.'

'Ik heb geen duidelijke herinnering dat ik dat gezegd heb,' zei hij, terwijl hij naar zijn kamer liep om zich aan te kleden.

Misschien wel, misschien niet, maar het maakte niet uit.

HOOFDSTUK 25

Ze namen een dag vrij van hun werk en brachten de rest van de ochtend en het grootste deel van de middag samen door met het bezoeken van het park en het winkelen in het centrum.

Nancy lachte hem uit vanwege de dingen die de avond ervoor waren gebeurd en Bob bleef leeg en vroeg zich af of hij de waarheid sprak.

Op een gegeven moment dreigde hij Julia te bellen.

In plaats daarvan liet Nancy haar een sms zien die Julia eerder had gestuurd, waarin stond:

'Wanneer kan ik Bob weer naakt zien?'

'Ik denk dat het goed is dat we niet uitgaan,' zei Bob. "Vriendinnen worden vaak jaloers als hun vriendjes naakt zijn met andere vrouwen."

'Ik zou het niet zijn,' zei Nancy lachend. 'Ik denk dat ik van al mijn vriendjes ga eisen dat ze de hele tijd naakt zijn. Ik vind het te leuk. En ze zullen zich moeten uitkleden voor mijn vrienden. Oh, en ze moeten zich ook overal scheren.'

"Wooh! Ik heb dat allemaal!" Bob klapte in zijn handen.

* * *

Op de terugweg naar huis stuurde ze tijd door met iemand sms'en.

Het leek serieus, dus Bob stoorde haar niet totdat hij zijn auto parkeerde.

"Alles goed?" Ik vraag.

'Kijk, ik moet gaan. Het is Andy. Hij is de dag ervoor thuisgekomen.'

'Dat is toch goed nieuws?' Zei Bob, zich afvragend waarom ze er geschokt uitzag.

'Ja, het is gewoon ...' begon ze, terwijl ze wegliep en wegkijkend.

'Hé, hij is je vriendje. Doe je make-up voor hem op en geef hem de kans je te kussen. Misschien zal hij in het echt ook huilen.'

'Ik wil niet dat er dingen tussen ons veranderen.'

"Waarom zouden ze het doen?" Vroeg Bob, verward door haar opmerking. 'We zijn nog steeds de beste vrienden, toch?'

'Beloof me dat het niet zal veranderen.'

Het was een gemakkelijke belofte voor hem.

Toen voegde hij eraan toe: 'Het is oké als je bij hem blijft.'

'Je vertelde me gisteravond dat je met me speelde.'

'Ik weet het en ik vind nog steeds dat je je er zorgen over moet maken. Maar ze is vroeg thuisgekomen en dat moet toch iets betekenen?'

"Ik veronderstel."

'En hij is nog steeds Andy, toch?'

Toen hij zag dat ze niet erg overtuigd was, somde hij de redenen op waarom ze hem leuk vond.

'Hij is knap, gemotiveerd en heeft geld. Dat is nog steeds waar, toch?'

"Waarschijnlijk."

'Ga naar hem toe. Geef hem de kans om in het echt om je te huilen.'

"Hij zal in het echte leven niet huilen."

'Tien dollar ja,' drong Bob aan.

'Het gaat niet gebeuren,' zei hij, terwijl hij nog even bleef staan en naar Bob keek. "Je bent echt mijn beste vriend, dat weet je toch?"

'Maak dat je wegkomt,' haalde hij zijn schouders op en glimlachte naar haar. "Ga neuken. Je verdient het."

Bob stapte uit, liep om de auto heen en deed het portier open.

"We zijn in orde?" vroeg ze, nog steeds bedachtzaam.

'We zijn oké,' zei hij met een brede glimlach.

Ze liepen naar haar auto en hij wachtte tot ze haar auto startte voordat hij haar huis binnenging.

Het was een gewoonte die haar moeder haar had geleerd: zorg er altijd voor dat de auto van het meisje start voordat je haar verlaat.

Hij dacht er niet twee keer over na.

Terwijl ze wegliep, wenste hij haar in stilte geluk.

HOOFDSTUK 26

Terug in zijn huisje maakte hij zijn vaatwasser leeg en ruimde hij een beetje op van de avond ervoor voordat hij weer in zijn videogame dook.

Het was moeilijker om het verhaal te volgen naarmate haar geest sneller klopte.

Hij twijfelde er niet aan dat Nancy en Andy dingen zouden oplossen, tot grote ontsteltenis van Chris.

Het zou een les voor Chris zijn als hij probeerde tussenbeide te komen.

Hij dacht aan Julia en vroeg zich af of ze echt zo'n grote geekhoertje was als Nancy altijd had gezegd.

Zou het raar zijn als hij met een van Nancy's vrienden uitgaat?

Hij verloor de tijd uit het oog en merkte nauwelijks dat die avond was gevallen totdat hij werd overspoeld door de blauwachtige gloed van zijn televisie.

Hij stak een lamp aan, at de restjes van gisteren op en ging terug naar zijn spel.

Hij vroeg zich af hoe de dingen zouden veranderen met Nancy nadat ze de zaken met Andy had opgelost.

Het was onwaarschijnlijk dat ze meer zouden kussen, maar hoe zit het met naakt worden in het bijzijn van haar en haar vrienden?

De verloren gedachte veroorzaakte opschudding in zijn broek die hij probeerde te negeren.

Ik probeerde de avond ervoor opnieuw op te bouwen.

Hoe lang hadden ze hem naakt gehouden?

De hele nacht?

Hij herinnerde zich dat hij naakt wakker werd in een leeg bed.

Hij liet zijn controller zakken, streelde zijn lange, harde erectie en stelde zich voor dat ze hem aanstaarden.

Hadden ze het aangemoedigd?

Hadden ze hem gekust?

Ik kon het me niet herinneren.

En hoe zit het met de korte video van Julia en Nancy die zijn ballen likt?

Hoe gek was dat?

Bob trok zijn kleren uit en nam ze mee naar zijn kamer.

Veranderde je televisie van videogames naar je internetbrowser.

De browser opende een pornosite die hij niet herkende en vroeg zich af waarom.

Hadden ze gisteravond meer gedaan dan alleen YouTube-video's bekijken?

Hij glimlachte en wenste dat hij zich meer kon herinneren toen hij aan de categorieën voor deze nieuwe site begon te werken.

Hij was net begonnen met een video toen zijn telefoon ging met het geluid van een sms-bericht.

HOOFDSTUK 27

Hij wierp een blik op de tijd en zag dat het even na elf uur was.

Dat was raar.

Meestal kreeg ik zo laat geen sms-berichten of telefoontjes.

Hij pakte zijn telefoon en zag een bericht van twee woorden van Nancy:

"Ben je wakker?"

'Ja,' antwoordde hij, glimlachend om de dubbele betekenis die zijn vraag en antwoord inhielden.

"Ik kan gaan?"

"Zeker," antwoordde hij. "Alles goed?"

"Tot ziens."

Bob had er spijt van dat hij vroeg of alles in orde was.

Natuurlijk niet.

Als alles goed was, zou Nancy hem niet zo laat een sms sturen.

Als het goed ging, zou ze van seks met haar vriendje moeten genieten en niet naar een vriend moeten sms'en.

Hij trok een korte broek en een T-shirt aan, zette een kop koffie en haalde ook de grote fles rum van de vorige avond tevoorschijn, zodat ze kon kiezen wat ze het lekkerst vond.

Hij was net weer voor zijn televisie gaan zitten toen iemand zachtjes op zijn deur klopte.

Zodra hij de deur opendeed, omhelsde ze hem.

"Gaat het?" vroeg hij, terwijl hij haar tegen zijn borst hield.

'Ik ben nu beter,' zei ze, hem loslatend en zijn huis binnenlopend.

Ze tuurde in de bodem van de rumfles op tafel, draaide de dop met een handbeweging van haar duim en haalde een drankje rechtstreeks uit de fles.

'Ik had dorst', zei hij.

Hij haalde de rest van de cola van de avond ervoor tevoorschijn en gooide een paar ijsblokjes voor haar in een glas.

"Alles goed?"

'We moeten praten,' zei hij, terwijl hij het glas voor de helft met rum vulde.

Hij nam een klein slokje, kromp ineen van de jeuk en zette het glas op zijn tafel.

Ze pakte zijn hand en leidde hem naar haar bank.

Bob zocht in haar gezicht naar aanwijzingen.

Voor zover hij kon zien, had ze niet gehuild, dus dat was goed, toch?

'Hoe gaat het met Andy?'

'Ik ben je tien dollar schuldig,' zei hij met een kleine glimlach. 'Hij deed het niet meteen, maar hij huilde.'

"Wil je erover praten?"

Nancy knikte, maar ze leek ook in conflict.

Ze begon iets te zeggen, schudde haar eerste woordkeuze van zich af en probeerde het nog een keer.

'Waarom heb je me vanmiddag laten gaan?'

'Omdat je je vriendje moest zien,' antwoordde hij, verward door de vraag.

'Maar wilde je dat ik wegging?'

'Niet echt', zei hij. 'Ik bedoel, ik weet dat je het nodig had, maar ik ben graag bij je.'

Voor het eerst realiseerde Bob zich dat Nancy haar kleren had verwisseld voordat ze naar Andy ging.

Hij droeg een spijkerbroek en een T-shirt toen hij die middag vertrok.

Nu droeg ze een mooie zomerjurk en een beetje make-up.

Haar haar was ook vastgebonden en ze zag er goed uit.

Hij kon zich voorstellen hoe stralend ze moet zijn geweest toen ze Andy ontmoette.

'Wil je me vertellen wat er is gebeurd?'

Het begon met de sms-berichten die hij die middag had ontvangen.

'Hij nam een eerdere vlucht naar huis en kwam naar het kantoor om me te zoeken, behalve dat ik er niet was. Toen stopte hij bij mijn huis en ik was er ook niet.'

'Wauw,' zei Bob.

'Ik zei hem dat ik aan het drinken was met de meisjes en dat we bij jou thuis zijn beland.'

'Wat zei hij daarover?'

'Het maakt eigenlijk niet uit,' haalde Nancy haar schouders op. 'Hij wilde me bij mij thuis ontmoeten, maar ik liet hem wachten. Ik zei dat we moesten praten, dus gingen we uit eten.'

"Hoe was dat?"

Nancy rolde met haar ogen en zuchtte.

"We praatten veel. Hij verontschuldigde zich voor de dingen die waren gebeurd en was ook eerlijk. Ik denk niet dat ik gelijk had om hem te vertellen dat Chris me die foto had laten zien, want toen wilde hij weten hoe lang hij wist dat hij was Stout zijn.'"

'Alsof dat ertoe doet.'

'Ik weet het, toch? Ik bedoel, hij was degene die mij bedroog, niet ik. Dus wat maakte het uit wanneer en hoe kwam ik erachter?'

'Ik denk nog steeds dat het goed is dat je het hem verteld hebt,' zei Bob.

'Misschien, ik weet het niet,' zei Nancy, haar handen in haar schoot wringend.

Ze zweeg even voordat ze verderging, alsof ze de moed verzamelde om het volgende deel te vertellen.

'Hij vertelde me dat hij van me houdt.'

'Dat zei hij ook aan de telefoon,' merkte Bob op.

"Ik weet."

"Je houdt van hem?"

'Ik dacht dat ik nog steeds van hem kon houden na wat hij deed. Ik bedoel, we zeiden' ik hou van je 'tegen elkaar, maar alleen omdat je het zegt, betekent dat iets? Het zijn gewoon woorden, toch?'

"Niet voor mij."

'Ik weet het,' zei ze, terwijl ze even naar haar handen keek. 'Ik heb je niet verteld wat we samen hebben gedaan, was het verkeerd?'

'Ik weet het niet,' zei Bob schouderophalend. 'Hebben we iets heel ergs gedaan? Er gebeurden ook dingen met Any en Julia, dus hoe erg was het?'

'Je weet het echt niet meer, hè?' Vroeg Nancy met een kleine glimlach.

'Ik denk dat je ervoor hebt gezorgd dat ik me niets van gisteravond zou herinneren,' zei hij beschuldigend.

Hij zag er erg schuldig uit en knikte voordat hij bekent:

'Maar weet je iets? Ik ben blij dat het is gebeurd.'

'Ben je blij met wat er is gebeurd?' Vroeg Bob, geïrriteerd doordat zijn geheugen vertroebeld was na de tequila-shots.

'Je hebt geen idee hoe heet je voor me bent.'

'Genoeg,' zei hij en rolde met zijn ogen.

Het was leuk om dat te horen, maar ik geloofde het niet, vooral niet als ik uit Nancy kwam.

Ze had de reputatie mooie mannen te daten die als model konden werken en ze verdiende ook dat kaliber van man.

"Ik heb een grote neus."

Het was niet de eerste keer dat ze hem opwindend noemde, maar hij geloofde haar nog steeds niet.

'Je hebt een grote neus,' zei hij, terwijl hij erin prikte. "Het past bij je gezicht en je ziet er interessant uit."

"Interessant is niet knap."

'Het is beter dan Andy's saaie, mooie gezicht.'

'Eindig met me over hem te vertellen,' zei Bob, bang dat ze te ver van het onderwerp zouden afdwalen.

'Weet je wat ik leuk vond aan Andy?' zij vroeg. 'Soms kon hij me aan het lachen maken zoals jij.'

"Dat is goed."

'Behalve dat het maar af en toe was.'

"Oké, dus nu zie ik er interessant en leuk uit", grapte hij.

Nancy negeerde zijn zelfspot.

'Weet je wat ik nog meer leuk aan hem vond? Soms deed hij een deur voor me open of trok hij een stoel uit een restaurant.'

'Dat is ook goed,' zei Bob.

'Behalve dat je dat de hele tijd doet. Weet je nog vanmiddag voordat ik vertrok? Wat heb je gedaan?' zij vroeg.

Hij haalde zijn schouders op, niet zeker wat hij bedoelde.

'Je bleef op de oprit tot ik wegging.'

"Dan?" Ik vraag.

'Maar dat doe je altijd. Altijd.'

"Uh-huh," gaf hij toe, zeker dat hij het waarschijnlijk een paar keer was vergeten te doen.

Niemand was perfect.

'En de manier waarop je kust! Verdomme, Bob, niemand heeft me ooit zo gekust als jij.'

'Ik kan hetzelfde voor jou zeggen,' zei hij, de volledige eer afwijzend. 'Maar wat heeft dat met Andy te maken?'

'Omdat jij de reden bent dat ik het met hem heb uitgemaakt.'

"Me?" vroeg hij, meer in de war dan ooit. "Maar waarom?"

'Omdat ik van je hou,' snauwde ze.

'En ik hou van je,' zei hij automatisch.

Het was een gemakkelijk en automatisch antwoord.

"Nee, ik bedoel, ik hou echt van je."

'En ik hou echt van je,' antwoordde hij zonder het verschil te beseffen.

'Verdomme,' zei ze geïrriteerd.

Nancy bukte zich en kuste hem.

Het was een diepe en intense kus die ik niet had verwacht.

Hij kuste haar terug, blij haar lippen weer tegen de zijne te voelen.

Nu Andy terug in de stad was, dacht ik niet langer dat ze dit zouden doen.

Behalve, als ze het uit had gemaakt met Andy, was ze misschien weer in orde?

Nancy liet haar hand tussen zijn benen glijden en begon hem te aaien.

Bob trok zich terug, verbrak hun kus en staarde haar aan.

'Weet je zeker dat we dit moeten doen?' Ik vraag.

'Ja,' zei hij, terwijl hij zijn hand in de tailleband van zijn korte broek liet glijden totdat hij zijn gladde, geschoren mannelijkheid raakte.

Hij leunde naar voren voor nog een kus.

Bob voelde zich een hele tijd verloren in de vreugde van haar lippen tegen de zijne en de sensatie van haar aanraking voordat hij zich weer terugtrok.

'Maar je bent nu vrijgezel.'

'Ik weet het,' zei ze, terwijl ze opstond en zich in de zomerjurk voelde.

Hij vond de verborgen ritssluiting onder zijn arm.

Toen ze haar jurk openritste, viel haar jurk tot aan haar enkels en onthulde haar perfecte borsten.

Bob staarde naar haar naaktheid, stomverbaasd over hoe perfect ze eruitzag.

Bob worstelde om naar haar gezicht te kijken in plaats van naar haar blote borsten te kijken.

Hoe oppervlakkig hij het ook leek toe te geven, hij kon zich niet herinneren dat hij haar borst niet had bewonderd.

Hij had Nancy's borsten bestudeerd, en merkte op dat haar tepels hard waren, hun grootte en vorm.

Hij had haar vorm bewonderd toen ze bedekt was met truien, vesten of zachtjes heen en weer schommelde in een strak T-shirt.

Maar geen van haar giswerk kon hem erop voorbereiden haar topless te zien, alleen slipjes aan.

Hij probeerde niet langer verlegen naar haar borst te kijken.

'Ze zijn prachtig', zei hij met een gevoel van eerbied.

Nancy lachte, ging schrijlings op haar benen zitten en bracht haar handen naar haar borst.

"Het is oké als je ze aanraakt."

Bob nam onmiddellijk haar tepels tussen zijn vingers en duimen, zachtjes wiegend en draaiend haar tweeling en stijve genotspunten.

Ze hapte naar adem en glimlachte.

'Ik had moeten weten dat je er goed in zou zijn.'

Ze boog zich voorover voor nog een kus en Bob bleef haar borsten onderzoeken en merkte op wat voor aanraking haar deed kreunen of dieper kusten.

In de kleine ruimte ertussen tastte ze tussen zijn benen en wreef hard over haar pijn.

Nancy brak hun kus, stond op en glimlachte naar hem.

'Doe je shirt uit,' zei hij, terwijl hij zijn duimen in de tailleband van haar slipje haakte.

Hij trok zijn shirt zo snel mogelijk uit, niet bereid om een moment te missen waarop ze haar slipje uitdeed.

Met een boosaardige glimlach toonde ze zich van top tot teen, zo naakt en gladgeschoren als hij.

Ze boog zich voorover en probeerde zijn korte broek uit te doen, maar hij hield haar tegen.

'Ik vind niet dat we allebei naakt moeten zijn,' zei hij.

Haar strakke korte broek was haar enige bescherming tegen te ver gaan.

'Maar ik hou van je,' zei ze, en ze probeerde opnieuw haar korte broek aan te trekken.

'En ik hou van je,' gaf hij toe, niet in staat om met zijn hand over zijn lichaam te wrijven.

Zijn liefkozing resulteerde in nog een kus terwijl ze over hem heen stond en over hem heen boog.

Opnieuw vonden zijn handen haar tieten en ze hoefde haar niet tussen haar benen aan te raken om te weten hoeveel hij van haar hield.

Zijn lust kwam tot uiting in zijn kus en hoe zijn handen haar naakte lichaam streelden.

Als ze het toestond, zou hij haar op alle mogelijke manieren een plezier doen, behalve dat hij wist dat ze niet konden vrijen.

'Ik hou van je,' herhaalde hij, nogmaals schrijlings op haar benen.

Dat maakte de rest van haar lichaam te toegankelijk voor hem om te weerstaan.

Hij durfde haar tussen haar benen aan te raken, haar geslacht tot een kom te vormen en haar warmte te voelen.

Haar kutje voelde nat en behoeftig aan als zijn erectie.

Meer woorden gingen verloren voor meer kussen terwijl hij haar streelde.

Hij was vereerd haar enthousiasme te voelen en het met haar te delen, maar dat was niet genoeg om haar van gedachten te veranderen.

'Ik wil dit,' hijgde ze, kronkelend tegen hem aan.

'Dat kunnen we niet,' zei hij, die het zo moeilijk vond om sterk te staan tegen de sirene-roep van haar naaktheid en gretige karakter.

Ze keek hem bedroefd, teleurgesteld aan.

"Maar waarom?"

'Ik heb nog nooit zo veel van iemand gehouden als jij. Dat is al zo sinds de dag dat we elkaar ontmoetten,' zei hij terwijl zijn ogen zochten naar haar begrip. 'Ik kan leven zonder jou ooit te hebben, maar ik kan je niet verliezen. Als we dit doen, kan ik je nooit laten gaan.'

"Jij belooft?"

'Ik meen het,' drong hij aan.

'Prima, dan blijf ik een tijdje naakt,' zei ze, terwijl ze van zijn schoot stapte.

Hij liep naar de tafel, vulde de rest van zijn glas met cola en droeg het terug naar de bank alsof er niets aan de hand was.

Ze krulde haar benen onder zich en nam een slokje van haar drankje terwijl ze naar hem staarde en zijn naaktheid zag.

"Weet je, soms deed ik een heel strak T-shirt om je heen omdat ik het grappig vond dat je zo hard probeerde om niet naar mijn borsten te kijken."

'Snotaap,' zei hij met een halve glimlach.

Dat past bij Nancy.

Ze zou zoiets doen.

'Ik wed dat je ook naar mijn kont hebt gekeken, toch?'

Bob voelde zijn gezicht blozen toen hij knikte en zei:

"Je hebt een epische kont."

'Het is een platte, smalle kont,' zei hij met een zucht. 'Maar bedankt voor het opmerken. Je hebt geen idee hoe moeilijk het voor mij is om een passende spijkerbroek te vinden.'

'Ja, dat weet ik,' zei hij. 'Ik heb met je gewinkeld, weet je nog?'

Nancy lachte.

'Juist, en je hebt me altijd een eerlijk antwoord gegeven. De meeste jongens zouden dat nooit met een vrouw riskeren.'

'Behalve dat we vrienden zijn en dat wil ik niet verliezen. Ik kan het niet. Je betekent te veel voor me.'

'Jij hebt ook een lekkere reet,' zei hij. 'Vooral nadat je begon met hardlopen. Ik bedoel, het was vroeger goed, maar nu? Heb je enig idee hoe graag ik je een hardloopshort ziet dragen?'

"Heeft niet gezegd.

'En toch zijn we nog nooit uitgegaan. Hoe komt dat?'

'Nou, om te beginnen heb je altijd een vriendje gehad.'

"Ik weet het niet."

Hij nam een slokje van zijn drankje voordat hij het opzij zette.

'Ik hou van je,' zei hij met twinkelende ogen.

'Ik hou ook van jou,' antwoordde hij, terwijl hij een simpele feitelijke verklaring terugstuurde.

Om wat voor reden dan ook, dat was niet goed genoeg voor haar.

Ze schudde haar hoofd en keek hem aan.

"Ik zeg niet dat ik het leuk vind dat ik je leuk vind. Ik zeg dat ik van je hou. Het spijt me dat Andy en de rest van die jongens erachter moesten komen, maar ik hou van je houden en dat doe ik niet wil stoppen, ooit. Zelfs niet als we honderd zijn en mijn borsten vallen tot aan het middel. "

Nancy stond op en trok haar korte broek aan.

Deze keer liet hij het gebeuren, hun ogen ontmoetten elkaar terwijl ze schrijlings op hem zat.

Ze leunde voorover en kuste hem terwijl ze zijn gretige, bonzende lid vastgreep.

Ze stond op, maar voordat ze zich rond zijn gezwollen, pijnlijke lid kon laten zakken, greep Bob haar heupen en hield haar op haar plaats.

Voordat het gebeurde, had ik nog een laatste vraag die ik moest beantwoorden:

'Kunnen we nog steeds vrienden zijn als we dit doen?'

'We kunnen maar beter zo blijven,' zei Nancy, en ze leidde hem naar binnen tot hun lichamen zo dicht bij elkaar waren als hun hart altijd was geweest.

HOOFDSTUK 28

Ze omhelsden elkaar, hielden hun lichamen bij elkaar en kusten terwijl ze hem in haar wiegde en haar volledig vulde.

En Bob voelde zich ook vol.

Hij had het gevoel dat hij zijn hele leven had gewacht op het moment waarop ze zichzelf aan hem zou geven.

Hij drukte zich op, moest helemaal in haar zijn, zo diep als hij kon, en genoot van het gevoel van haar hete, natte poesje om hem heen, zachtjes zijn harde pik grijpend en grijpend.

Hij bewoog zijn handen in haar perfecte kont, kroop haar billen tot een kom en hielp haar op en neer te bewegen.

Hij voelde elk deel van zijn lichaam tegelijkertijd.

Hij voelde haar stijve tepels tegen zijn borst drukken.

Haar tong danste met de zijne terwijl ze kusten met tweemaal de emotionele passie die ze hadden tijdens hun eerste voorzichtige kus.

Hij voelde haar behoefte aan en verlangen naar hem dat overeenkwam met hetzelfde wat hij voor haar voelde.

Keer op keer stond Nancy op en viel op hem, terwijl ze tegen zijn pik drukte terwijl ze diep in zijn mond kreunde.

Hij had een manier van kronkelen terwijl hij bewoog, dat voelde ongelooflijk.

Hij voelde haar kutje trillen, strak om haar heen en heel lichtjes trekken terwijl ze opstond om hem weer te spietsen.

Bob had andere vrouwen geneukt.

Ze had gevoeld dat ze voor hem openstonden, hem aanvaarden en hem er dieper in meeslepen met een behoefte die bij zijn vuur paste.

Maar bij Nancy voelde het alsof ze hem ook niet wilde laten gaan.

Hij sloeg zijn armen om haar heen en drukte naar voren om het gevoel van haar lichaam tegen het hare te versterken.

Nancy brak hun kus, wierp haar hoofd achterover en kreunde luid toen haar lichaam begon te trillen.

Hij haalde diep adem.

Toen bedekte ze haar mond weer net toen Bob haar explosie tussen zijn benen voelde beginnen.

Hij drukte zich omhoog, dieper dan ooit, en kwam met een huivering en een bonk die hij nog nooit eerder had gekend.

Bij elke ruwe release van haar orgasme, voelde hij haar kutje om hem heen strakker worden, zich aan hem vastklampend terwijl ze ook klaarkwam.

Ze sloten zich in elkaars armen tot ze waren teruggebracht tot een hijgend, lachend duo.

HOOFDSTUK 29

"Verdomme, je doet het geweldig," spinde ze, terwijl ze haar gezicht met kussen bedekte.

'Ik? Dit voelde nog nooit zo goed. Wat heb je daar beneden?'

'Magie,' zei ze lachend en kuste hem weer.

Ze omhelsden elkaar lang voordat ze geen van beiden wilden verhuizen.

'Misschien hebben we je bank verpest'

'Of we hebben het gebroken,' zei hij toen ze van zijn schoot kwam en haar hand uitstak.

Nadat ze hem naar de slaapkamer had gebracht, begon ze hem te kussen, beginnend op zijn lippen en langzaam langs zijn borst.

Toen het zijn maag bereikte, stopte hij en zei:

'Ik moet een bekentenis afleggen. Dit zal niet de eerste keer zijn dat ik op je val.'

Bob lachte.

"Geloof me, in mijn fantasieën heb je het vaak gedaan."

'En ik heb het ook in het echte leven gedaan,' zei ze bezorgd. 'Tweemaal. Een keer na je werkfeest en gisteravond opnieuw.'

Bob staarde haar lang aan en probeerde te bedenken wat hij van zijn bom vond.

'Hebben we iets anders gedaan?'

Zij schudde haar hoofd.

"Wilde je?"

Nancy knikte en trok haar terug van haar lichaam.

'Dankjewel,' zei hij voordat hij haar kuste.

'Je bent niet boos?'

'Eh, je hebt me twee keer afgezogen en moet ik boos zijn? Hoe goed ken je me?'

'Ik beloof je dat het deze keer gedenkwaardig zal zijn,' zei ze, terwijl ze van zijn lichaam naar beneden gleed en precies dat deed.

* * *

Ze bleven samen de liefde bedrijven totdat de zon uit de ramen gluurde en twee geliefden in elkaars armen vonden.

Lachend en glimlachend bakten ze samen naakt pannenkoeken.

Na het ontbijt droeg Nancy lege borden naar de gootsteen en joeg hem weg toen hij probeerde te helpen.

Bob leunde tegen de tegenoverliggende toonbank en zag haar bewegen en bestudeerde haar elke bocht totdat ze er niet meer tegen kon.

Hij drukte tegen haar blote billen, streelde haar voorhoofd en streelde haar nek.

Hij herinnerde zich zijn voorspelling over wat er zou gebeuren als ze ooit het einde zouden bereiken.

'Voel je je nog steeds schuldig omdat je je beste vriend hebt geneukt?'

'Nog niet,' zei ze, terwijl ze zich tegen hem aan wurmde. 'Daar moeten we het misschien nog een paar keer voor doen.'

'Je leest haar gedachten,' zei hij terwijl hij zijn groeiende erectie tussen haar billen nestelde.

HOOFDSTUK 30

De sfeer in de bar voelde feestelijker aan dan normaal voor het kwartet van lachende gezichten dat een tafel bij de bar deelde.

Bob dronk zijn enige bier terwijl Julia en Any erop stonden dat ze hem altijd hadden zien aankomen.

'Je hebt je nooit gerealiseerd hoe Nancy naar je keek,' merkte Any op.

'Oh, je moest haar de hele tijd over je horen praten,' voegde Julia eraan toe.

Na zijn scheiding van Nancy had Andy om overplaatsing naar Houston gevraagd.

Ondertussen zat Chris nog steeds aan de bar als een roofdier en probeerde hij te praten met elke vrouw die niet werd begeleid.

'Een deel van mij voelt alsof ik je ergens voor moet bedanken,' zei Bob tegen Nancy met een gebaar naar Chris. 'Maar dan herinner ik me hoe stom hij tegen me was.'

Hij deelde het verhaal over hoe Chris had geprobeerd hem te pesten en zei dat hij geen kans had bij Nancy of Julia.

"Wanneer gebeurde dat?" Vroeg Nancy.

'De avond dat Julia me schoor.'

'Fuck dat was zo heet,' zei Nancy, terwijl ze een kus op Bob's lippen legde. 'Ik werd zo nat toen ik dat zag.'

"Jij? Ik heb mijn vibratorbatterijen verbrand nadat jullie vertrokken!" Zei Julia.

"En nou ja, voor de zekerheid, het is heel goed geweest om geschoren te blijven", schreef Nancy.

'Ik heb geprobeerd mijn vriend ervan te overtuigen het te doen, maar hij zal het niet doen,' trok Any een grimas.

'Als je een show nodig hebt, laat het me dan weten,' bood Nancy aan, terwijl ze in Bob's dij kneep.

"Wauw, mag ik daar niet over stemmen?" vroeg hij verbaasd.

'Niet echt', zei hij. 'Geef me eigenlijk je autosleutels.'

"Waarom?" vroeg hij, terwijl hij ze uit zijn zak haalde.

'Omdat ik vanavond de aangewezen chauffeur ben geworden,' zei Nancy, terwijl ze naar de barman wees en een rondje drankjes bestelde.

Toen de drankjes arriveerden, schoof Bob de zijne voor Nancy en pakte haar autosleutels.

'Ik hoef niet dronken te zijn voor wat je van plan bent.'

'Wat heet,' zei ze, terwijl ze hem een kus gaf. 'Je hebt me gewoon keihard nat gemaakt.'

En aan de gretige glimlach op de gezichten van Julia en Any kon Bob raden dat ze niet de enige was in hoe ze zich voelde.

EINDE

149

www.ingramcontent.com/pod-product-compliance
Lightning Source LLC
Chambersburg PA
CBHW051834130726
47987CB00002B/547